著者序

非常感謝您拿起這本書翻閱。託各位學生及各方人士的福，我在台灣從事日文教師已超過 20 年了。由於經常聽到 N5 不需要去考檢定的言論，因此我看到有些學習者會誤以為 N5 不需要花太多心思學習。但我的想法是，無論您要不要考檢定，N5 程度在學習日文的過程中，是非常重要的基幹部分。

就像蓋房子時，如果框架結構沒有紮實，就無法蓋起穩固的房子。日文學習也是一樣，只要紮實奠定 N5 基礎，接下來學習 N4 甚至 N3 時，您將學習得更快速順利。

本書整理成只要順著學習計畫，14 天就能複習完成 N5 必備文法及概念。希望您透過這本書，能把 N5 基礎複習好，並協助您掌握日文的基本概念。

この度は本書を手に取っていただき誠にありがとうございます。おかげさまで、台湾で日本語教師を 20 年以上やらせていただいております。よく N5 は試験を受けなくてもいいという意見を耳にするため、そんなに時間をかけて頑張って学習しなくてもいいと勘違いする学習者がいますが、私の考えとしましては試験を受けるにしろ受けないにしろ、N5 レベルは日本語を続けて勉強していく上で、すごく大切な基礎の部分であります。

家を建てるにも、まずは骨組みがしっかりしていないと、しっかりとした丈夫な家は建てられません。日本語学習でも、まずは基礎の N5 内容をしっかり学習すれば、次なる N4 学習、ひいては N3 学習に入ったときには更にスムーズに学習できることでしょう。

本書は学習計画に沿って行えば、14 日間で N5 文法及び基礎概念を復習できるようにまとめ上げました。この本を通して、N5 の基礎をしっかり復習し、日本語の基礎概念の把握の手助けになれることを願っております。

2024 年 6 月

目次

Day9 ｜ N5 必懂「副詞」用法（二） 068

Day10 ｜ N5 必懂「助詞」用法 (一) 080

Day11 ｜ N5 必懂「助詞」用法 (二) 088

Day12 ｜ N5 必懂「數量詞」 100

Day 01 動詞ます

有些參考書會以「動詞ます形」的方式表示，但本書都以「動詞~~ます~~」的方式呈現。

句型 1：～方（かた）【～方法／～方式】

動詞~~ます~~ ＋ 方

表示做某事的方法。詞性為名詞。

① **すみません。この料理（りょうり）の食（た）べ方（かた）を教（おし）えてください。**
不好意思。請告訴我這道料理的吃法。

② **この漢字（かんじ）の読（よ）み方（かた）は何（なん）ですか。**
這個漢字的讀法是什麼呢？

句型 2：～ませんか【要不要～呢？】

動詞~~ます~~ ＋ ませんか。

表示用委婉的語氣邀請對方做某事。

① **来週（らいしゅう）みんなで食事（しょくじ）しませんか。**
下週要不要大家一起聚餐呢？

② **金曜日（きんようび）一緒（いっしょ）に映画（えいが）を見（み）ませんか。**
週五要不要一起看電影呢？

句型 3：～ましょう【～吧！】

動詞~~ます~~ ＋ ましょう。

表示積極的邀請或提議。也可用於肯定回應對方的提議時。

---

① **10分(じゅっぷん)休(やす)みましょう。**

休息 10 分鐘吧！

② **A：一緒(いっしょ)にお茶(ちゃ)でも飲(の)みませんか。**

要不要一起喝個茶之類的呢？

B：ええ、そうしましょう。

好啊！就那麼辦吧！

句型 4：～ましょうか【要不要幫你～呢？】

動詞~~ます~~ ＋ ましょうか。

主動詢問要不要幫對方做某事。注意是說話者要做此事。

---

① **その荷物(にもつ)は重(おも)いですか。持(も)ちましょうか。**

那個行李重嗎？要不要幫你拿呢？

② **駅(えき)まで迎(むか)えに行(い)きましょうか。**

要不要去車站接你呢？

句型 5：～たい【想做～】

動詞~~ます~~ ＋ たいです。

敘述說話者想做某行為。活用跟い形容詞一樣。若「他動詞接たいです」時，他動詞的助詞「を」可改成助詞「が」。「を」強調後項，「が」強調前項。

---

① **来年はオーストラリア旅行をしたいです。**
明年想要去澳洲旅行。

② **今りんごジュースが飲みたいです。**
現在想要喝蘋果汁。

句型 6：～へ～に行く、来る、帰る【去／來／回～做～】

名詞へ	＋	**名詞** **動詞~~ます~~**	＋	**に**	＋	**行きます。** **来ます。** **帰ります。**

表示要去／來／回去某地方（目的地）做某事（目的）。

---

① **私は日本へ絵の勉強に行きます。**
我要去日本學繪畫。

② **日本へおいしい日本料理を食べに行きたいです。**
想要去日本吃好吃的日本料理。

練習問題

① らいしゅうから　アメリカへ　しゅっちょう______　行きます。
　1. へ　　2. に　　3. で　　4. を

② 明日のばん、いっしょに　ゆうしょくを　______ませんか。
　1. たべる　　2. たべ　　3. たべた　　4. たべて

③ しごとが　おおいですね。______ましょうか。
　1. あらい　　2. はらい　　3. たべ　　4. てつだい

④ ABC びじゅつかんまでの　______方を　しっていますか。
　1. 行き　　2. 行く　　3. 行って　　4. 行かない

⑤ きょうは　にほんりょうりが　______たいです。
　1. のみ　　2. いき　　3. たべ　　4. かえり

⑥ にちようびは　かぞくに　______に　かえります。
　1. あう　　2. あった　　3. あい　　4. あって

⑦ そろそろ　かいぎを　______ましょう。
　1. おき　　2. はじめ　　3. あるき　　4. まがり

⑧ いっしょに　しゅくだいを　______ませんか。
　1. いき　　2. し　　3. ひき　　4. まわし

解答與題目中譯

①	②	③	④	⑤	⑥	⑦	⑧
2	2	4	1	3	3	2	2

【題目中譯】

① 来週からアメリカへ出張に行きます。
下週開始去美國出差。

② 明日の晩、一緒に夕食を食べませんか。
明天晚上要不要一起吃晚餐呢？

③ 仕事が多いですね。手伝いましょうか。
工作很多呢！要不要我幫你呢？

④ ABC 美術館までの行き方を知っていますか。
你知道怎麼到 ABC 美術館嗎？

⑤ 今日は日本料理が食べたいです。
今天想要吃日本料理。

⑥ 日曜日は家族に会いに帰ります。
週日會回去跟家人見面。

⑦ そろそろ会議を始めましょう。
差不多開始會議吧！

⑧ 一緒に宿題をしませんか。
要不要一起寫作業呢？

Day 02 動詞て形

「動詞て形」意思就是把動詞變成「～て」或是「～で」結尾的型態。て形本身沒有時態。「て形」也可以搭配句型產生新的用法跟意思。

【動詞て形的變化方式】

動詞類別	動詞ます	音便種類	音便規則	動詞て形
I	書(か)きます 急(いそ)ぎます	い音便	き → いて ぎ → いで	書(か)いて 急(いそ)いで
	使(つか)います 持(も)ちます 作(つく)ります	促音便	い ち → って り	使(つか)って 持(も)って 作(つく)って
	死(し)にます 休(やす)みます 運(はこ)びます	撥音便／鼻音便	に み → んで び	死(し)んで 休(やす)んで 運(はこ)んで
	貸(か)します	無音便	し → して	貸(か)して
	行(い)きます	特殊變化	直接背起來	行(い)って
II	食(た)べます 見(み)ます	ます → て		食(た)べて 見(み)て
III	します 来(き)ます	ます → て		して 来(き)て

形容詞和名詞也可以改成「て形」。

【形容詞與名詞的て形】

詞性	單字	變化規則	て形
い形容詞	大(おお)きい おいしい いい *	~~い~~+くて * いい要用よい去改變	大(おお)きくて おいしくて (* よくて)
な形容詞	簡単(かんたん) 複雑(ふくざつ)	な形容詞語幹+で	簡単(かんたん)で 複雑(ふくざつ)で
名詞	雨(あめ) 学生(がくせい)	名詞+で	雨(あめ)で 学生(がくせい)で

句型 1：～て、～て、（それから）～【～之後～】

動詞 $_1$ て形、動詞 $_2$
動詞 $_1$ て形、動詞 $_2$ て形、（それから）動詞 $_3$

按照先後順序來接續兩個（或以上）的連續性的動作時使用。先做前項動作再做後項動作。由於て形本身無法表現時態，因此敘述時態時，用最後一個動詞做時態變化即可。

① **大阪(おおさか)へ行(い)って、本場(ほんば)のたこ焼(や)きを食(た)べます。**
去大阪然後吃正宗的章魚燒。

② **今朝(けさ)は7時(しちじ)に起(お)きて、朝食(ちょうしょく)を食(た)べて、（それから）会社(かいしゃ)へ行(い)きました。**
今天早上七點起床、吃了早餐、再去了公司。

《補充》

形容詞或名詞也可以改て形的型態去接後項句子，但前後要接相同評價之事情。也就是若前項敘述正面的事，後項也要接正面的事。前項若是負面的事，後項也要接負面的事。接名詞時較沒有價值觀的問題，通常會敘述個人資訊。

い形容詞~~い~~→くて、～

な形容詞語幹＋で、～

名詞で、～

① 木村さんは明るくて、親切な人です。

木村小姐是既開朗又親切的人。

② 田中さんは３６歳で、独身です。

田中先生 36 歲，單身。

句型 2：～てから、～【～之後～】

動詞$_1$て形から、動詞$_2$

敘述動作的先後順序。按照先後順序敘述，先做前項動作再做後項動作。「てから」在一句話中只能使用一次，而句型 1 的「～て」則沒有限制。另外，「てから」較強調動作的先後順序，動作的連續性的語感較薄弱。敘述時態時，用最後一個動詞做時態變化。

① **うちへ帰ってから晩ごはんを食べました。**

回到家之後再吃了晚餐。

② **仕事が終わってから、食事に行きませんか。**

工作結束之後，要不要一起去吃飯呢？

《整理：容易搞混的「から」》

1.【從～】表示從某場所或某地方之意。

名詞₁（場所／時間）＋から

① 日本(にほん)から来(き)ました。
我從日本來的。

② 9時(くじ)から5時(ごじ)まで働(はたら)きます。
我從9點工作到5點。

2.【因為～所以～】前後接句子時表示因果關係。因為前項原因，所以有後項事情。

句子₁（禮貌形／普通形）から、句子₂（禮貌形／普通形）
句子₁（禮貌形／普通形）から。

① A：どうして花(はな)を買(か)いましたか。
你為什麼買了花？
B：今日(きょう)は妻(つま)の誕生日(たんじょうび)ですから。
因為今天是太太的生日。

② 今日(きょう)は用事(ようじ)があるから、早(はや)く帰(かえ)ります。
因為今天有事情，所以要早點回家。

句型3：～てください【請～】

動詞て形　＋　ください。

委託對方做某事、下指示、邀請等表達方式。

① **すみませんが、この機械(きかい)の使(つか)い方(かた)を教(おし)えてください。**
不好意思，請你告訴我這台機器的用法。

② **来週(らいしゅう)のクリスマスパーティーにぜひ参加(さんか)してください。**
請務必參加下週的聖誕派對。

句型 4：～ている【正在～】、【～著】、【習慣～／是～職業】

動詞て形　＋　います。

【正在～】表示現在進行式。敘述正在做某動作。

① **今日本語を勉強しています。**

我正在讀日文。

② **A：今何をしていますか。**

你現在正在做什麼呢？

B：朝ご飯を食べています。

正在吃早餐。

【～著】某個動作進行的結果殘留的狀態。常用動詞：住んでいる、持っている、結婚している、知っている等。翻譯視語境調整。

① **タイに 5 年間住んでいます。**

我住在泰國 5 年。

② **最新のカメラを持っています。**

我擁有最新的相機。

【習慣～／是～職業】長期反覆進行的習慣動作。有些句子可表達職業及身份。若想表示過去的習慣則用「動詞て形＋いました」。

① **塾で英語を教えています。**

我在補習班教日文。（* 因此可知道職業是教師。）

② **子供の頃、毎日 6 時から 8 時まで学校の宿題をしていました。**

小時候，每天的習慣是從 6 點寫學校作業寫到 8 點。

句型 5：～てもいい【可以～】

動詞て形　＋　もいいです（か）。

允許對方做某事時使用。要請求對方允許時，句尾加「か」變疑問句即可。

---

① **ここに車（くるま）を止（と）めてもいいですか。**

我可以把車停到這裡嗎？

② **机（つくえ）の上（うえ）のジュースを飲（の）んでもいいですよ。**

你可以喝桌上的果汁喔！

句型 6：～てはいけない【不可以～】

動詞て形　＋　はいけません。

禁止對方做某事時使用。禁止意味較重，不要直接對長輩使用。

---

① **試験（しけん）のときに話（はな）してはいけません。**

考試的時候不可以說話。

② **鉛筆（えんぴつ）で書（か）いてはいけません。**

不可以用鉛筆寫。

句型 7：～ても【即使～也～／無論～也～／就算～也～】

動詞て形／動詞ない~~い~~くて
い形容詞~~い~~くて／い形容詞~~い~~くなくて　＋　も、～
な形容詞で／な形容詞じゃな~~い~~くて
名詞で／名詞じゃな~~い~~くて

表示就算是前項的情況，還是會有後項的情況發生。常和副詞「いくら」起使用。否定接法時表示「即使不～也～」。

---

① **いくら調(しら)べても、わかりません。**

無論怎麼查都還是不懂。

② **お金(かね)がなくても、毎日(まいにち)楽(たの)し~~い~~です。**

即使沒有錢，每天還是很開心。

句型 8：～てあげる【給～】

私(わたし)／他人(たにん)は 《行為者》	他人(たにん)に 《受益者》	名詞 を 動詞て形	あげます。

表示主詞的人給別人某物或為別人進行某行為。給某物時用「名詞を」方式接續，敘述付出的行為時用「動詞て形」接續。

---

① **わたしは木村(きむら)さんにチョコレートをあげました。**

我給木村先生巧克力。

② **ジョンさんは山下(やました)さんに英語(えいご)を教(おし)えてあげました。**

John 教木村先生英文。

句型 9：～てもらう【得到～】

私/他人は 《受益者》	他人に 《行為者》	名詞 を 動詞て形	もらいます。

表示主詞的人從別人那邊得到某物或接受到某行為。得到某物時用「名詞を」方式接續，接受某行為時用「動詞て形」接續。

① **わたしは高橋さんに花をもらいました。**
我從高橋先生那邊得到了花。

② **田中さんはジョンさんに英語の宿題を手伝ってもらいました。**
田中小姐請 John 幫助她寫英文作業。

句型 10：～てくれる【～給 (我)】

他人は 《行為者》	(私に) 《受益者》	名詞 を 動詞て形	くれます。

表示主詞的別人給我某物或幫我做某行為。人的對象一定是給我，因此「私に」的部分不說也是知道一定是給我，因此此部分經常省略。給我某物時用「名詞を」方式接續，幫我做某行為時用「動詞て形」接續。

① **佐藤さんは私に誕生日プレゼントをくれました。**
佐藤小姐送了我生日禮物。

② **上田さんはわからない単語を説明してくれました。**
上田先生為我說明我不懂的單字。

練習問題

① にほんへ　______、ともだちに　会って、おいしいりょうりを　たべます。

1.　行き　　2.　行った　　3.　行って　　4.　行く

② しゅくだいが　______から、テレビを　みます。

1.　たべて　　2.　おわって　　3.　のんで　　4.　おきて

③ すみませんが、ちょっと　______ください。

1.　てつだう　　2.　てつだって　　3.　てつだった　　4.　てつだい

④ いま　あめが　______います。

1.　ふって　　2.　ふり　　3.　ふる　　4.　ふらない

⑤ げんきんで　______も　いいですか。

1.　わすれて　　2.　はいって　　3.　あらって　　4.　はらって

⑥ ここに　ごみを　______は　いけません。

1.　すて　　2.　すてて　　3.　うたい　　4.　うたって

⑦ いくら______も、きれいに　なりません。

1.　のぼって　　2.　しらべて　　3.　そうじして　　4.　しゅうりして

⑧ 田中さんに　パソコンを　______もらいました。

1.　まわして　　2.　はいて　　3.　かぶって　　4.　しゅうりして

解答與題目中譯

①	②	③	④	⑤	⑥	⑦	⑧
3	2	2	1	4	2	3	4

【題目中譯】

① 日本(にほん)へ行(い)って、友達(ともだち)に会(あ)って、おいしい料理(りょうり)を食(た)べます。
去日本後，跟朋友見面，然後吃好吃的料理。

② 宿題(しゅくだい)が終(お)わってから、テレビを見(み)ます。
作業寫完後再看電視。

③ すみませんが、ちょっと手伝(てつだ)ってください。
不好意思，請幫我一下。

④ 今(いま)雨(あめ)が降(ふ)っています。
現在正在下雨。

⑤ 現金(げんきん)で払(はら)ってもいいですか。
我可以用現金付款嗎？

⑥ ここにごみを捨(す)ててはいけません。
不可以把垃圾丟這裡。

⑦ いくら掃除(そうじ)しても、きれいになりません。
無論怎麼打掃都不會變乾淨。

⑧ 田中(たなか)さんにパソコンを修理(しゅうり)してもらいました。
我請田中先生幫我修電腦。

動詞字典形（原形）、動詞ない形

動詞字典形（原形）

字典形又稱為原形。日文為「辞書形」，因此有些教材也會寫「辞書形」。字典形表示動詞「～ます」的普通形。單獨使用時，可以用在和朋友或平輩說話的方式。另外，「字典形」也可以搭配句型產生新的用法跟意思。

時態	丁寧形（敬體）	普通形（常體）
現在肯定	～ます	字典形（原形）
現在否定	～ません	ない形
過去肯定	～ました	た形
過去否定	～ませんでした	なかった形

【動詞字典形的變化方式】

動詞類別	動詞ます	變化規則	動詞字典形
I	書きます 急ぎます	改成う段音，ます去掉	書く 急ぐ
	使います 持ちます 作ります		使う 持つ 作る
	死にます 休みます 運びます		運ぶ 休む 死ぬ
	貸します		貸す
II	食べます 見ます	ます→る	食べる 見る
III	します 来ます	特有變化	する 来る

動詞ない形

ない形表示動詞「～ません」的普通形。單獨使用時，可以用在和朋友或平輩說話的方式。另外，「ない形」也可以搭配句型產生新的用法跟意思。

時態	丁寧形（敬體）	普通形（常體）
現在肯定	～ます	字典形（原形）
現在否定	～ません	ない形
過去肯定	～ました	た形
過去否定	～ませんでした	なかった形

【動詞ない形的變化方式】

動詞類別	動詞ます	變化規則	ない形
I	書(か)き~~ます~~ 急(いそ)ぎ~~ます~~	改成あ段音，ます改成ない ＊「い」→「わ」	書(か)かない 急(いそ)がない
	使(つか)い~~ます~~＊ 持(も)ち~~ます~~ 作(つく)り~~ます~~		使(つか)わない＊ 持(も)たない 作(つく)らない
	死(し)に~~ます~~ 休(やす)み~~ます~~ 運(はこ)び~~ます~~		死(し)なない 休(やす)まない 運(はこ)ばない
	貸(か)し~~ます~~		貸(か)さない
II	食(た)べます 見(み)ます	ます→ない	食(た)べない 見(み)ない
III	します 来(き)ます	特有變化	しない 来(こ)ない

句型 1：～ことができる【能夠～／會～／可以～】

名詞 動詞字典形こと	＋	ができます。

敘述能夠或是會做某事的狀態。也可以表達能力。

① 木村（きむら）さんはピアノができます。
木村先生會彈鋼琴。

② ここでコンサートのチケットを買（か）うことができます。
在這裡可以買演唱會的票。

句型 2：趣味（しゅみ）は～ことだ【我的興趣是～】

趣味は	＋	名詞 動詞字典形こと	＋	です。

和對方敘述興趣是什麼。

① 私（わたし）の趣味（しゅみ）は旅行（りょこう）です。
我的興趣是去旅行。

② 田中（たなか）さんの趣味（しゅみ）は写真（しゃしん）を撮（と）ることです。
田中小姐的興趣是拍照。

句型 3：～まえに【～之前／～前】

動詞字典形 名詞の 数量詞（期間）	＋	まえに、動詞

表示做前項動作之前或前項情況發生前，先做後項的動作。接有關期間的數量詞時，表示「～前」。

---

① **お風呂に入る前に、晩ごはんを食べます。**
洗澡前會吃晚餐。

② **3年前に、結婚しました。**
我是 3 年前結婚的。

句型 4：～と、～【一～就～】

動詞字典形 **動詞ない**	＋	**と、動詞。**

表示一旦做或不做前項的事，就會發生後項的結果。此句型的後項句子要接「必然的結果」或「恆常的定理」。因此後項不能接帶有主觀意識的命令動作、意志動作、希望、依賴、勸說、誘導等意思的句子。通常接續發生的結果狀態即可。

---

① **このボタンを押すと、商品が出ます。**
按下這顆按鈕就會有商品跑出來。

② **早く家を出ないと、遅れますよ。**
不早點出門的話，就會遲到喔！

句型 5：～ないでください【請不要～】

動詞ない　＋　でください。

請求對方不要做某事時使用。「～てください」的相反意思。

---

① **持ち物を忘れないでください。**
請不要忘記隨身物品。

② **明日の試験は簡単ですから、心配しないでください。**
因為明天的考試很簡單，所以請不要擔心。

句型 6：～ないといけない／～なければならない
【必須～／該～／得～】

動詞ない ＋ といけません。
動詞ない ＋ ければなりません。

敘述必須做某動作時使用。句尾加「か」則變疑問句，詢問對方自己是否必須要做某事。「～ないといけません」比「～なければなりません」口語。

---

① **今日(きょう)は残業(ざんぎょう)しないといけません。**
今天必須要加班。

② **明日(あした)までに宿題(しゅくだい)をしなければなりません。**
明天之前必須要寫作業。

句型 7：～なくてもいい【不用～也可以／可以不用～】

動詞ない ＋ くてもいいです。

敘述某事是沒有必要做的行為，或是表示不做某事也是無所謂的。句尾加「か」則變疑問句，可以詢問對方是否可以不用做某事。

---

① **この問題(もんだい)は課長(かちょう)に聞(き)かなくてもいいです。**
這個問題可以不用問課長。

② **あしたは行(い)かなくてもいいですか。**
明天可以不用去嗎？

練習問題

① このかわで ＿＿＿ことが できません。
1. およぎ　2. およいで　3. およぐ　4. およがない

② あしたは 8時に ＿＿＿ないと いけません。
1. おき　2. おか　3. おきて　4. おきる

③ わたしの しゅみは うたを ＿＿＿ことです。
1. はなす　2. うたう　3. つかう　4. おくる

④ このへやは くつを ＿＿＿なくても いいです。
1. かけ　2. かぶら　3. き　4. ぬが

⑤ ＿＿＿まえに、 てを あらいます。
1. しょくじして　2. しょくじし
3. しょくじした　4. しょくじする

⑥ ひだりへ ＿＿＿と、 ぎんこうが あります。
1. やすむ　2. かえす　3. まがる　4. わすれる

⑦ ここで たばこを ＿＿＿ないで ください。
1. すい　2. すう　3. すって　4. すわ

⑧ せんせいに ＿＿＿と、わかりません。
1. きかない　2. はしらない　3. あけない　4. とらない

解答與題目中譯

①	②	③	④	⑤	⑥	⑦	⑧
3	1	2	4	4	3	4	1

【題目中譯】

① **この川で泳ぐことができません。**
不可以在這條河川游泳。

② **明日は8時に起きないといけません。**
明天必須要8點起床。

③ **私の趣味は歌を歌うことです。**
我的興趣是唱歌。

④ **この部屋はくつを脱がなくてもいいです。**
這間房間不需要脫鞋子。

⑤ **食事するまえに、手を洗います。**
用餐前會先洗手。

⑥ **左へ曲がると、銀行があります。**
往左轉就會有銀行。

⑦ **ここでたばこを吸わないでください。**
在這裡請不要抽煙。

⑧ **先生に聞かないと、わかりません。**
沒有問老師的話，就會不懂。

Day 04 動詞た形、動詞なかった形

た形

た形表示動詞「～ました」的普通形。單獨使用時，可以用在和朋友或平輩說話的方式。另外，「た形」也可以搭配句型產生新的用法跟意思。

時態	丁寧形（敬體）	普通形（常體）
現在肯定	～ます	字典形（原形）
現在否定	～ません	ない形
過去肯定	～ました	た形
過去否定	～ませんでした	なかった形

【動詞た形的變化方式】

＊「た形」和て形的變化方式一樣，只是「て」改成「た」，「で」改成「だ」

動詞類別	動詞ます	音便種類	音便規則	動詞た形
I	書きます 急ぎます	い音便	き　→　いた ぎ　→　いだ	書いた 急いだ
	使います 持ちます 作ります	促音便	い ち　→　った り	使った 持った 作った
	死にます 休みます 運びます	撥音便／鼻音便	に み　→　んだ び	死んだ 休んだ 運んだ
	貸します	無音便	し　→　した	貸した
	行きます	特殊變化	直接背起來	行った
II	食べます 見ます	ます　→　た		食べた 見た
III	します 来ます	ます　→　た		した 来た

なかった形

なかった形表示動詞「～ませんでした」的普通形。單獨使用時，可以用在和朋友或平輩說話的方式。另外，「なかった形」也可以搭配句型產生新的用法跟意思。

時態	丁寧形（敬體）	普通形（常體）
現在肯定	～ます	字典形（原形）
現在否定	～ません	ない形
過去肯定	～ました	た形
過去否定	～ませんでした	なかった形

【動詞なかった形的變化方式】

＊和ない形的變化方式一樣，「ない」部分改成「なかった」

動詞類別	動詞ます	變化規則	動詞なかった形
I	書(か)きます 急(いそ)ぎます	改成あ段音，ます改成なかった ＊「い」→「わ」	書(か)かなかった 急(いそ)がなかった
	使(つか)います＊ 持(も)ちます 作(つく)ります		使(つか)わなかった＊ 持(も)たなかった 作(つく)らなかった
	死(し)にます 休(やす)みます 運(はこ)びます		死(し)ななかった 休(やす)まなかった 運(はこ)ばなかった
	貸(か)します		貸(か)さなかった
II	食(た)べます 見(み)ます	ます→なかった	食(た)べなかった 見(み)なかった
III	します 来(き)ます	特有變化	しなかった 来(こ)なかった

句型 1：～たことがある【曾經～過／沒有～過】

動詞た形　＋　ことがあります。

敘述過去有或沒有過的經驗。沒有此經驗則把「ある」改成「ない」。

---

① **家族と日本の九州へ行ったことがあります。**
我跟家人去過日本的九州。

② **アフリカへ行ったことがありませんから、行きたいです。**
因為沒有去過非洲，所以想要去。

句型 2：～たり、～たりする【有做～啊～啊之類的】

動詞た形り、動詞た形りします。

舉代表性的動作。表示從眾多行為或動作中，挑出幾個代表性的事給對方聽。不是只有做敘述的動作而已，除了敘述的動作之外，還有做其他事情。時態或句型變化在最後一個「します」去做變化。

---

① **昨日はフランス語を勉強したり、テレビを見たりしていました。**
昨天在讀法文、看電視等等的。

② **夏休みは友達と遊んだり、海外旅行をしたりしたいです。**
暑假想要跟朋友一起玩，或是去國外旅行之類的。

句型 3：～たら、～【如果～的話／如果不～的話】、【～之後】

用法 1：	（もし）	動詞た形／なかった形 形容詞た形／なかった形 な形容詞た形／なかった形 名詞た形／なかった形	＋	ら、動詞

【如果～的話／如果不～的話】表示前項事情是對未來的假設。前項接「た形」時，表示如果未來發生前項事情的話，就會去做或不做後項動作。前項接「なかった形」時則表示如果未來沒有發生前項事情或是不是前項情況的話，就會去做或不做後項動作。常和副詞「もし」（如果）一起使用。

① **明日雨が降ったら、パーティーをしません。**

明天如果下雨的話，就不會辦派對了。

② **もしお金が足りなかったら、買いません。**

如果錢不夠的話就不會買了。

用法 2： 動詞た形ら、動詞。

【～之後】前項接未來一定會發生的事，表示發生前項事情就會去做後項的動作。

① **会議が終わったら、食事に行きましょう。**

工作結束後去吃個飯吧！。

② **40歳になったら、家を買いたいです。**

到了 40 歲就想要買房子。

【比較】表示「～之後」的「てから」和「たら」

「てから」較有強調要先做前項動作才能做後項動作的語感。表示說話者常暗示要先做完前項才會做後項，不做完前項是不會做後項的意思。另外前項動作和後項動作的連續性及關聯性比較強。未來跟過去的事都可以敘述。

「たら」則是沒有那麼強調一定要前項動作做完才能做後項動作的語感。比較是敘述等前項事情實現就會做後項的事。只能敘述未來的事。

① **この番組を見てから寝ます。**

我要看了這個節目才要去睡。

② **この番組を見たら寝ます。**

我看了這個節目就去睡。

練習問題

① ＿＿＿ら、じしょで　しらべます。
1. わかった　　2. わからなかった
3. わかって　　4. わかる

② おいしい　レストラン＿＿＿ら、行きたいです。
1. だ　　2. じゃない　　3. だった　　4. じゃなかった

③ きょうは　せんたくしたり、　＿＿＿り　しなければなりません。
1. そうじする　　2. そうじした　　3. そうじし　　4. そうじして

④ あのホテルに　とまった＿＿＿が　あります。
1. もの　　2. こと　　3. ところ　　4. ひと

⑤ もし　＿＿＿ら、かいます。
1. やすい　　2. やすくない　　3. やすかった　　4. やすくて

⑥ ふゆやすみは　スキーしたり、　おんせんに　はいったり　＿＿＿。
1. しました　　2. きました　　3. いました　　4. みました

⑦ 12時に　＿＿＿ら、でかけましょう。
1. なり　　2. なる　　3. なって　　4. なった

⑧ 佐藤せんせいに　＿＿＿ことが　ありますか。
1. あい　　2. あって
3. あった　　4. あわなかった

解答與題目中譯

①	②	③	④	⑤	⑥	⑦	⑧
2	3	2	2	3	1	4	3

【題目中譯】

① わからなかったら、辞書で調べます。
如果不懂的話，會用字典查。

② おいしいレストランだったら、行きたいです。
如果是好吃的餐廳就會想要去。

③ 今日は洗濯したり、掃除したりしなければなりません。
今天必須要洗衣服、打掃等等的。

④ あのホテルに泊まったことがあります。
我有住過那間飯店。

⑤ もし安かったら、買います。
如果便宜的話，我就會買。

⑥ 冬休みはスキーしたり、温泉に入ったりしました。
寒假滑了雪、泡了溫泉等等的。

⑦ 12時になったら、出かけましょう。
到了 12 點就出門吧！

⑧ 佐藤先生に会ったことがありますか。
有跟佐藤老師見過面嗎？

比較、程度、接普通形的句型

句型 1：～は～より～【比～】

名詞$_1$ は 名詞$_2$ より～

表示某主詞比「より」前面的詞還要～。

---

① **今日は昨日より暑いです。**
今天比昨天還要熱。

② **田中さんは男の人より食べます。**
田中小姐比男生吃得還多。

句型 2：～より～ほうが～【比起～，～比較～】

動詞辭書形 **い形容詞** **な形容詞な** **名詞**	+	**より**	+	**動詞辭書形** **い形容詞** **な形容詞な** **名詞の**	+	**ほうが～**

表示比起「より」前面的詞，「ほうが」前面的詞還要更～。

---

① **現金で払うよりカードで払うほうが便利です。**
比起現金支付，用信用卡付款比較方便。

② **豚肉より牛肉のほうが好きです。**
比起豬肉更喜歡牛肉。

句型 3：～と～とどちらが～【～和～，哪一個比較～呢？】

Q：名詞$_1$と名詞$_2$とどちらが～ですか？／ますか？
A：名詞$_1$／名詞$_2$のほうが～です。／ます。
どちらも～。

表示給對方兩個選擇，詢問對方哪一個比較～。回答時若是選其中一個時用「～のほうが～」，若覺得兩者都是某種情況時，用「どちらも～」（兩者都～）。若後項接動詞時，「どちらが」和「ほうが」的助詞「が」會依照動詞需要接的助詞做調整。

① **A：ビールとワインとどちらが好(す)きですか。**
啤酒和葡萄酒，你喜歡哪一個呢？
B：ワインのほうが好(す)きです。
我比較喜歡葡萄酒。

② **A：土曜日(どようび)と日曜日(にちようび)とどちらが時間(じかん)がありますか。**
週六和週日，哪一天比較有空呢？
B：どちらも時間(じかん)があります。
兩天都有空。

句型 4：～（の中(なか)）で～がいちばん～【在（某範圍）中，～最～】

名詞（の中）で　　疑問詞　　が　いちばん～

這裡的助詞「で」為限定範圍的助詞，表示「在（某範圍）之中」之意。意思是在此範圍內去看的話，某東西是最～的。疑問詞部分可用「何(なに)、どこ、だれ、いつ」等。

① **A：一年(いちねん)で何月(なんがつ)がいちばん好(す)きですか。**
一年之中你最喜歡幾月呢？
B：5月(ごがつ)がいちばん好(す)きです。
我最喜歡五月。

② A：**会社の近くのレストランでどこがいちばんおいしいですか。**

公司附近的餐廳之中，哪一間最好吃呢？

B：**「かめや」という日本料理のお店がいちばんおいしいと思います。**

我認為叫「龜屋」的日本料理的店是最好吃的。

句型 5：～と言う【～說】

動詞普通形 **い形容詞普通形** **な形容詞普通形** **名詞普通形**	+	**と言います。**
名詞	+	**を言います。**

敘述別人說了什麼話。未來要說就用「言います」，已經說了就改成「言いました」。用助詞「と」引用說的內容。若不是敘述內容，而是接意見內容的總稱名詞，例：意見（意見）、冗談（玩笑話）、悪口（壞話）、嘘（謊言）時，則是使用助詞「を」。

① **明日の会議で自分の意見を言います。**

我在明天的會議中會表達自己的意見。

② **佐藤さんは明日高校時代の先生に会うと言いました。**

佐藤先生說他明天要和高中時期的老師見面。

句型 6：～と思う【我認為～／我覺得～】

動詞普通形 **い形容詞普通形** **な形容詞普通形** **名詞普通形**	+	**と思います。**

向對方表達個人意見或想法時使用。用助詞「と」引用認為的內容。

① 明日は雨が降ると思います。

我認為明天會下雨。

② 彼はいい人だと思います。

我認為他是好人。

句型 7：～でしょう？【～對不對？／～是吧？】

動詞普通形 **い形容詞普通形** **な形容詞普通形（*~~だ~~）** **名詞普通形（*~~だ~~）**	+	**でしょう？**

說話人對於認為對方知道的話題，希望對方同意自己的意見或是確認某事時使用。結尾語調要往上揚。需要特別注意的是，な形容詞和名詞的字典形「だ」需要去掉。

① 来週学校でクリスマスパーティーがあるでしょう？

下週在學校有聖誕節派對對吧？

② 今日は 1 時からの会議でしょう？

今天是 1 點開始的會議對不對？

練習問題

① こんしゅうの　にちようびは　＿＿＿でしょう？
1.　やすみだ　　2.　やすみ　　3.　やすんで　　4.　やすみで

② ともだち＿＿＿　だれが　いちばん　うたが　じょうずですか。
1.　の　　2.　で　　3.　より　　4.　と

③ さむいきせつより　あついきせつ＿＿＿　すきです。
1.　より　　2.　から　　3.　と　　4.　のほうが

④ あしたの　しけんは　むずかしい　＿＿＿　おもいます。
1.　は　　2.　も　　3.　を　　4.　と

⑤ しんかんせんは　でんしゃ＿＿＿　はやいです。
1.　から　　2.　まで　　3.　より　　4.　ほうが

⑥ きむらさんは　らいねん　バンコクへ　いく＿＿＿　いいました。
1.　と　　2.　まで　　3.　が　　4.　を

⑦ とうきょう＿＿＿　おおさか＿＿＿　どちらが　にぎやかですか。
1.　へ／へ　　2.　が／が　　3.　に／に　　4.　と／と

⑧ 田中せんせいは　＿＿＿でしょう？
1.　きれい　　2.　きれいな　　3.　きれいだ　　4.　きれいで

解答與題目中譯

①	②	③	④	⑤	⑥	⑦	⑧
2	2	4	4	3	1	4	1

【題目中譯】

① 今週の日曜日は休みでしょう？
這週日是休假對不對？

② 友達でだれがいちばん歌が上手ですか。
在班上裡誰唱歌最好呢？

③ 寒い季節より暑い季節のほうが好きです。
比起冷的季節我更喜歡熱的季節。

④ 明日の試験は難しいと思います。
我認為明天的考試是困難的。

⑤ 新幹線は電車より速いです。
新幹線比電車還要快。

⑥ 木村さんは来年バンコクへ行くと言いました。
木村先生說他明年要去曼谷。

⑦ 東京と大阪とどちらが賑やかですか。
東京和大阪哪一個比較熱鬧呢？

⑧ 田中先生はきれいでしょう？
田中老師很漂亮對不對？

形容詞、修飾名詞、とき

日文的形容詞分兩種。「い形容詞」（形容詞）與「な形容詞」（形容動詞）。兩者都是拿來修飾名詞，若改變型態還能接句子或是變成副詞來修飾動詞等。這一章節會複習形容詞的基本用法。

一、形容詞時態變化

1. い形容詞的時態変化

時態	敬體（丁寧形）	常體（普通形）
現在肯定	おいしいです	おいしい
現在否定	おいしくないです くありません	おいしくない
過去肯定	おいしかったです	おいしかった
過去否定	おいしいくなかったです くありませんでした	おいしくなかった

＊「いい（よい）」在現在肯定時用哪一個都可以，若是現在否定之後就要用「よい」做變化。

時態	敬體（丁寧形）	常體（普通形）
現在肯定	いい／よい　です	いい／よい
現在否定	よくないです くありません	よくない
過去肯定	よかったです	よかった
過去否定	よくなかったです くありませんでした	よくなかった

① **先週の旅行は楽しかったです。**

上週的旅行很開心。

② **このデザインはよくないです。**

這個設計不好。

2. な形容詞的時態變化

時態	敬體（丁寧形）	常體（普通形）
現在肯定	にぎやかです	にぎやかだ
現在否定	にぎやかじゃないです じゃありません	にぎやかじゃない
過去肯定	にぎやかでした	にぎやかだった
過去否定	にぎやかじゃなかったです じゃありませんでした	にぎやかじゃなかった

① **この問題は簡単です。**

這個問題是簡單的。

② **田中さんは昨日元気じゃありませんでした。**

田中小姐昨天沒有精神。

二、形容詞用法

1. 形容詞接續句子【又～又～、既～又～】

い形容詞~~い~~ ＋ くて、～
＊いい→よくて
な形容詞 ＋ で、～

有時我們對某一主詞的評價或敘述不是只有一種，若有多種評價需要敘述時，可以用形容詞接下一次句子（評價）的方式去接續。但限定於前後句要接相同評價（正面 / 正面；負面 / 負面），若前後是相反評價時（正面 / 負面；負面 / 正面），要用「句子$_1$が、句子$_2$」（雖然～但是～）」的方式。

① **このパンはおいしくて安いです。**

這個麵包又好吃又便宜。

② **東京はにぎやかで、交通が便利です。**

東京既熱鬧，交通又方便。

2. 形容詞變副詞修飾動詞

い形容詞~~い~~　＋　く　＋　動詞
＊いい→よく
な形容詞　＋　に　＋　動詞

在日文裡，副詞用來修飾動詞或形容詞。除了本身是副詞的詞之外，形容詞也可以變成副詞，變成副詞就可以修飾動詞。

---

① **最近だんだん寒くなりましたね。**
最近逐漸變冷了呢！

② **田中さんは静かに勉強しています。**
田中小姐很安靜地在讀書。

三、修飾名詞【～的～】

動詞普通形
い形容詞普通形
な形容詞な／普通形（非現在肯定）　＋　名詞
名詞の／普通形（非現在肯定）

日文中，動詞、形容詞、名詞可修飾名詞。放在要修飾的名詞前。要注意的是，「な形容詞」在現在時態時要用「な形容詞な＋名詞」，但此外的時態用普通形，而「名詞」在現在時態時要用「名詞の名詞」，但此外的時態用普通形。另外，修飾句裡若有主詞時，不要用「は」而是要改成「が」。

---

① **おいしいパンを食べたいです。**
想吃好吃的麵包。

② **楽しかった生活を思い出しました。**
我想起了以前開心的生活。

四、使用修飾名詞方式接的句型

句型 1：～とき、～【～的時候，～】

動詞普通形 **い形容詞** **な形容詞な** **名詞の**	＋	**とき、～**

表示在前項動作或狀態時後，會做後項動作。「とき」的漢字是「時」，前項句子要接「とき」時，用修飾名詞的方式去接續即可。

① **会社(かいしゃ)へ行(い)く時(とき)、朝(あさ)ごはんを買(か)います。**

要去公司時，會買早餐。

② **忙(いそが)しい時(とき)は寝(ね)る時間(じかん)もありません。**

忙碌的時候，連睡覺的時間都沒有。

練習問題

① ＿＿＿パソコンを　かいました。
1.　あつい　2.　つめたい　3.　ひまな　4.　あたらしい

② きのうの　パーティーは　＿＿＿です。
1.　たのしい　2.　たのしくない　3.　たのしかった　4.　たのしくて

③ すこし　＿＿＿して　ください。
1.　しずかだ　2.　しずかに　3.　しずかで　4.　しずかな

④ ＿＿＿シャツですね。
1.　すてきな　2.　すてきだ　3.　すてきで　4.　すてきの

⑤ しごとは　＿＿＿、いそがしいです。
1.　むずかしい　2.　むずかしくて
3.　むずかしいで　4.　むずかしいの

⑥ ふじさんは　＿＿＿です。
1.　きれい　2.　きれいな　3.　きれいで　4.　きれいだ

⑦ しおを　入れたら、　＿＿＿なりました。
1.　おいしく　2.　おいしくて
3.　おいしい　4.　おいしかった

⑧ とうきょうの　ちかてつは　＿＿＿、きれいです。
1.　べんりな　2.　べんりで　3.　べんりだ　4.　べんりくて

解答與題目中譯

①	②	③	④	⑤	⑥	⑦	⑧
4	3	2	1	2	1	1	2

【題目中譯】

① 新しいパソコンを買いました。
買了新的電腦。

② 昨日のパーティーは楽しかったです。
昨天的派對很開心。

③ 少し静かにしてください。
請你安靜一點。

④ 素敵なシャツですね。
很棒的襯衫呢！

⑤ 仕事は難しくて、忙しいです。
工作又難又忙。

⑥ 富士山はきれいです。
富士山是漂亮的。

⑦ 塩を入れたら、おいしくなりました。
放了鹽巴之後，變好吃了。

⑧ 東京の地下鉄は便利できれいです。
東京的地鐵既方便又乾淨。

N5必懂「代名詞」及「連接詞」用法

一、代名詞

代名詞顧名思義就是「代替名詞」的詞，表示不直接稱呼人、事、物的原本名稱，而是藉由替代名稱的方式來稱呼的詞。

代名詞可分為「人稱代名詞」和「指示代名詞」。「人稱代名詞」表示用來指稱特定的「人」的代名詞。分為第一人稱（我）、第二人稱（你／妳）以及第三人稱（他／她／那個人）。而「指示代名詞」則表示用來指稱特定的物、場所、方向等的代名詞。

日文的指示代名詞又稱為「こそあど言葉（ことば）」，也就是代名詞會以「こ」、「そ」、「あ」、「ど」四個字開頭表示。

－「こ」開頭的指示代名詞：表示指的人事物靠近說話者。

－「そ」開頭的指示代名詞：表示指的人事物靠近聽話者。

－「あ」開頭的指示代名詞：表示指的人事物離說話者跟聽話者都遠。

－「ど」開頭的指示代名詞：表示不確定的東西（不定称（ふていしょう））,「哪～」的意思。

---

1. これ／それ／あれ／どれ【這個／那個／那個／哪個】

指物品時使用。

---

① **これは何（なん）ですか。**

這是什麼呢？

② **A：そのかばんを取（と）ってください。**

請幫我拿那個包包。

B：どれですか。

哪一個呢？

A：その赤(あか)くて、小(ちい)さいかばんです。

是那個又紅又小的包包。

B：あっ、これですね。はい、どうぞ。

啊！你說這個嗎？給你。

2. この／その／あの／どの【這個～／那個～／那個～／哪個～】

この その あの どの	＋	名詞

一定要搭配名詞使用。可以接任何名詞，指人、動物、事、物時都可以使用。指定意味較重。

① **あのビルはデザインがいいですね。**

那棟大樓，設計很不錯呢！

② **きれいな靴(くつ)ですね。わたしもその靴(くつ)が欲(ほ)しいです。**

很漂亮的鞋子呢！我也想要那雙鞋子。

3. こんな／そんな／あんな／どんな【這樣的～／那樣的～／那樣的～／哪樣的～】

こんな そんな あんな どんな	＋	名詞

一定要搭配名詞使用。可以接任何名詞，指人、動物、事、物時都可以使用。沒有那麼強調指定眼前的人事物，只要類似的、接近的都可以的意思。

① A：どんな映画が好きですか。

你喜歡什麼樣的電影呢？

B：感動する映画が好きです。

我喜歡感人的電影。

② きれいな靴ですね。わたしもそんな靴が欲しいです。

很漂亮的鞋子呢！我也想要那種類型的鞋子。

4. こう／そう／ああ／どう【這樣／那樣／那樣／哪樣】

常和「ですか」一起使用。也以副詞用法直接接動詞來使用。若問對方「どうですか」（如何呢？）則是詢問對方的想法或意見。

① A：イタリア旅行、おもしろかったですよ。

義大利旅行很有趣喔！

B：そうですか。わたしも来年行きたいです。

是那樣啊。我明年也想要去。

② A：日本の食べ物はどうですか。

你覺得日本的食物如何呢？

B：おいしくて、きれいだと思います。

我認為既好吃又好看。

5. ここ／そこ／あそこ／どこ【這裡／那裡／那裡／哪裡】

指場所時使用。

① ここは本当にきれいな所ですね。

這裡真的是非常漂亮的地方呢！

② A：田中さんはどこにいますか。

田中先生在哪裡呢？

B：あそこにいますよ。

在那裡喔！

6. こっち／そっち／あっち／どっち【這邊／那邊／那邊／哪邊】

指方向時使用。較口語。有時也可以表示我方（我這邊）、對方（你們那邊）的意思。

---

① **A：トイレはどっち？**

廁所在哪一邊？

B：あっちだよ。

那一邊喔！

② **A：最近元気（さいきんげんき）？**

最近過得好嗎？

B：元気（げんき）だよ。そっちは？

很好喔！你呢？

7. こちら／そちら／あちら／どちら
【這裡、這邊／那裡、那邊／那裡、那邊／哪裡、哪邊】

是「ここ／そこ／あそこ／どこ」和「こっち／そっち／あっち／どっち」的禮貌表達方式。可指物品、方向、我方對方等情況時使用。

---

① **客（きゃく）：すみません。お手洗（てあら）いはどこですか。**

不好意思。洗手間在哪裡呢？

店員（てんいん）：あちらです。

在那裡。

② **すみません。そちらの営業時間（えいぎょうじかん）は何時（なんじ）から何時（なんじ）までですか。**

不好意思。你們那邊的營業時間是從幾點到幾點呢？

二、連接詞

「連接詞」又稱為「接續詞」是用來承接前後句子的詞。可表示累加、順接、逆接等意思。

1. じゃ／では【那麼～】

放在句首，表示開頭詞。用於提議、對下一步的動作進行引導等作用。使用「では」更正式。

---

① **じゃ、そろそろ行(い)きますね。**

那我差不多要走囉！

② **では、会議(かいぎ)を始(はじ)めます。**

那麼就開始會議。

2. それから【然後～／還有～】

①動作的先後順序。先做前項動作，然後再做後項動作之意。②表示除了前面的事物，還有後項的事物之意。

---

① **昨日(きのう)の晩(ばん)友達(ともだち)と食事(しょくじ)しました。それから、映画(えいが)を見(み)に行(い)きました。**

昨晚跟朋友吃飯。然後去看了電影。

② **これのコピー、お願(ねが)いします。それから、この資料(しりょう)もお願(ねが)いします。**

麻煩幫我印這個。還有這份資料也麻煩你。

3. そして【而且～】

表示累加關係。前後通常會接和評價有關的詞。由於是評價的累加，因此前後要相同類型或相同評價的內容。也就是說若前項句子給正面評價，後項也要敘述正面評價。反之，前項敘述負面評價，後項也要敘述負面評價。

---

① **日本(にほん)はきれいです。そして、食(た)べ物(もの)もおいしいです。**

日本很漂亮。而且食物也很好吃。

② **このカメラは高(たか)いです。そして、重(おも)いです。**

這台相機很貴。而且還很重。

4. でも／～が、～【但是～／雖然～但是～】

句子$_1$。でも、句子$_2$。
句子$_1$が、句子$_2$。

表示逆接關係。前後會接相反意思的句子。也就是說若前項句子敘述正面的事，後項就要敘述負面的事。反之，前項敘述負面的事，後項就要敘述正面的事。

＊ 也可以用接續助詞「が」來連接前後兩個句子，變成一個句子。前項句子會翻「雖然～」，後項句子會翻「但是～」。

---

① **日本語(にほんご)は難(むずか)しいです。でも、おもしろいです。**
日文很難。但是很有趣。

② **日本語(にほんご)は難(むずか)しいですが、おもしろいです。**
雖然日文很難，但很有趣。

5. ですから～／だから～／～から、～【因為～所以～／所以～／因此～】

句子$_1$。ですから／だから、句子$_2$。
句子$_1$から、句子$_2$。

表示因果關係。因為前項的原因，所以有後項的事情。「だから」是「ですから」的口語說法。

＊ 也可以用「～から、～。」來連接前後兩個句子，變成一個句子。前項句子會翻「因為～」，後項句子會翻「所以～」。

---

① **明日(あした)大事(だいじ)な会議(かいぎ)があります。ですから、資料(しりょう)を準備(じゅんび)しています。**
明天有重要的會議。所以我正在準備資料。

② **来週(らいしゅう)は妻(つま)の誕生日(たんじょうび)ですから、いいレストランを予約(よやく)しました。**
因為下週是我太太生日，所以訂了不錯的餐廳。

練習問題

① A：すみません。ちょっと　きいても　いいですか。
B：はい、＿＿＿しましたか。
1. どんな　2. どう　3. どこ　4. どれ

② ＿＿＿、そろそろ　じゅぎょうを　はじめます。
1. それから　2. あれから　3. そして　4. では

③ 田中さんは　きれいです。　＿＿＿しんせつです。
1. でも　2. から　3. そして　4. じゃ

④ このバナナを　ください。　＿＿＿　りんごも　2つください。
1. それから　2. でも　3. では　4. ですから

⑤ このお店は　おいしいです。　＿＿＿　よく　きます。
1. でも　2. そして　3. では　4. ですから

⑥ 山下さんは　＿＿＿たべものが　すきですか。
1. どれ　2. どこ　3. どんな　4. どう

⑦ A：そのネクタイ、いいですね。
B：＿＿＿ですか。たんじょうびに　かのじょに　もらいました。
1. この　2. あれ　3. こんな　4. これ

⑧ わたしのいえは　ちいさいです。＿＿＿、駅から　とても　ちかいです。
1. でも　2. そして　3. ですから　4. それから

解答與題目中譯

①	②	③	④	⑤	⑥	⑦	⑧
2	4	3	1	4	3	4	1

【題目中譯】

① **A：すみません。ちょっと聞(き)いてもいいですか。**
不好意思。我可以問一下嗎？

B：はい、どうしましたか。
是，怎麼了嗎？

② **では、そろそろ授業(じゅぎょう)を始(はじ)めます。**
那麼，差不多要開始上課了。

③ **田中(たなか)さんはきれいです。そして親切(しんせつ)です。**
田中小姐很漂亮。而且很親切。

④ **このバナナをください。それからりんごも2(ふた)つください。**
請給我這根香蕉。還有請再給我兩顆蘋果。

⑤ **このお店(みせ)はおいしいです。ですから、よく来(き)ます。**
這間店很好吃。因此我經常來。

⑥ **山下(やました)さんはどんな食(た)べ物(もの)が好(す)きですか。**
山下先生喜歡什麼樣的食物呢？

⑦ **A：そのネクタイ、いいですね。**
你那條領帶很棒耶！

B：これですか。誕生日(たんじょうび)に彼女(かのじょ)にもらいました。
你說這條嗎？生日的時候女朋友給我的。

⑧ **私(わたし)の家(いえ)は小(ちい)さいです。でも、駅(えき)からとても近(ちか)いです。**
我們家很小。但是離車站非常近。

N5 必懂「副詞」用法（一）

副詞用來修飾動詞或形容詞。副詞要放在要修飾的詞前面。

一、已經、還沒

1. もう【已經～】、【再～】

用法 1：　もう　＋　動詞ました。

【已經～】「もう」有兩種讀法，若是「もう」的「も」為高音（重音標記為 1）時，表示「已經～」的意思。「已經～」的意思時，因為是敘述已經發生的事，後項句子要接「動詞ました」。

① **木村(きむら)さんはもう寝(ね)ました。**
木村先生已經睡了。

② **もう新幹線(しんかんせん)の切符(きっぷ)を買(か)いました。**
我已經買好新幹線的票了。

用法 2：　もう　＋　1杯(いっぱい)、少(すこ)し、一度(いちど)…

【再～】若是「もう」的「う」高音（重音標記為 0）時，表示「再～」的意思。後項句子要接跟數量、量有關的詞。

① **もう少(すこ)し寝(ね)たいです。**
我想再多睡一點。

② **すみません。もう一度(いちど)話(はな)してください。**
不好意思。請你再說一次。

2. まだ【還沒～】

まだ ＋ です。／動詞て形いません。

和對方敘述還沒做某事。不需要特別說明動作時直接接「です」做結尾。若需要說明動作時要接「動詞て形いません」。

① **A：もう朝(あさ)ごはんを食(た)べましたか。**
你已經吃早餐了嗎？

B：いいえ、まだです。
不，還沒。

② **まだ宿題(しゅくだい)をしていません。**
我還沒寫作業。

二、如果、即使

1. もし【如果～】

もし	動詞た形／なかった形 い形容詞た形／なかった形 な形容詞た形／なかった形 名詞た形／なかった形	＋	ら、～

表示強調假設的語氣。常和跟假設有關的句型一起使用。

① **もし雨(あめ)が降(ふ)ったら、行(い)きません。**
如果下雨的話，就不去了。

② **もしお金(かね)がなかったら、買(か)いません。**
如果沒有錢的話，就不買了。

2. いくら【即使～／就算～】

いくら	動詞て形／動詞な~~い~~くて い形容詞~~い~~くて ／ い形容詞~~い~~くなくて な形容詞で／な形容詞じゃな~~い~~くて 名詞で／名詞じゃな~~い~~くて	＋	も、～

表示強調即使是前項的情況，也還是後項的情況。

---

① **最近（さいきん）はいくら寝（ね）ても、眠（ねむ）いです。**

最近怎麼睡都還是很睏。

② **風邪（かぜ）をひきましたから、いくら薬（くすり）が嫌（きら）いでも、飲（の）まなければなりません。**

因為感冒了，就算多麼討厭吃藥都必須要服用。

三、容易混淆或用錯的副詞 (1)

1. ぜひ【務必～／非常】

ぜひ　＋　和願望、委託、邀請等有關的意思的句子

強調作用。後項句子通常會接表示「願望」、「委託 / 請求」、「邀請」相關的句子。

---

① **来年（らいねん）はぜひヨーロッパへ行（い）きたいです。**

明年非常想去歐洲。

② **来週（らいしゅう）のパーティーにぜひ来（き）てください。**

請務必要來下週的派對。

2. なかなか【相當～】、【不容易～／很難～】

接肯定句時表示程度比想像中好，給予肯定評價，表示「相當～」。若接否定句時，表示事情沒有想像中那麼順利進展，含有事情「不容易～」、「沒有想像中那麼～」之意，但中文翻譯有時會看句子調整成更通順的翻譯方式。

① **あの映画、なかなか面白かったですよ！**

那部電影相當有趣喔！

② **スペイン語を2年ぐらい勉強していますが、なかなか上手になりません。**

我讀了兩年左右的西班牙文，但沒有想像中那麼快就進步。

3. まっすぐ【直直地～】

表示直直地做後項的動作。若是用在敘述人的個性特質時，表示「直率、坦率、不虛假、正直、耿直」等意思。

① **この道をまっすぐ行くと、デパートがあります。**

直直地走這條道路，就會有百貨公司。

② **彼はまっすぐ育ちました。**

他順利地長大了。（沒有走偏）

4. もちろん【當然～】

說話者敘述當然會做後項的事或是當然是後項的情況。若要寫漢字就是「勿論」，用在較生硬的句子中。

① **自分の子はもちろんかわいいです。**

自己的孩子當然是可愛的。

② **A：田中さんの誕生日パーティーに行きますか。**

你會去田中小姐的生日派對嗎？

B：もちろん行きますよ！

當然會去喔！

5. 他(ほか)に【其他～】

說話者敘述還有其他的後項狀況或事項。

① 他(ほか)に質問(しつもん)がありますか。

有其他問題要問嗎？

② 彼(かれ)は他(ほか)に何(なに)か言(い)っていましたか。

他還有沒有說其他什麼事？

6. 実(じつ)は【其實～／老實說～】

敘述事實或真實的事，或是向對話坦白內心真實的話時使用。

① あの二人(ふたり)、実(じつ)は兄弟(きょうだい)です。

那兩個人其實是兄弟。

② 実(じつ)は大事(だいじ)なお話(はなし)があります。

其實我有重要的事要跟你說。

7. 特(とく)に【特別是～】

從眾多情況或選項中挑出特別是～的事項。

① 日本料理(にほんりょうり)はおいしいですね。特(とく)に寿司(すし)がおいしいと思(おも)います。

日本料理很好吃呢！尤其是壽司我認為特別好吃。

② 1年(いちねん)で特(とく)に春(はる)が好(す)きです。

在一年之中特別喜歡春天。

8. 本当（ほんとう）に【真的是～】

說話者強調真的是後項的情況。

① **このレストランの料理（りょうり）は本当（ほんとう）においしいです。**
這間餐廳的料理真的很好吃。

② **山下先生（やましたせんせい）は本当（ほんとう）にいい先生（せんせい）です。**
山下老師真的是好老師。

四、容易混淆或用錯的副詞 (2)

1. みんな【大家～／大家都～】

「みんな（皆）」可以當名詞或副詞。名詞時表示「大家、各位」，副詞時意思為「大家都～」，表示大家都是後項的情況，或是大家都會做後項的動作。

① **みんなの時間（じかん）を確認（かくにん）しましたか。《名詞用法》**
你確認好大家的時間了嗎？

② **このクラスの学生（がくせい）はみんなアジア人です。《副詞用法》**
這個班的學生大家都是亞洲人。

2. みんなで【大家一起～】

表示大家一起去做後項的動作。

① **みんなで晩（ばん）ごはんを食（た）べましょう。**
大家一起去吃晚餐吧！

② **みんなで旅行（りょこう）に行（い）きませんか。**
要不要大家一起去旅行呢？

3. 全部【全部～／全部都～】

「全部」可以當名詞或副詞。名詞時表示「全部」，副詞時意思為「全部都～」，表示全部都是後項的情況。

---

① **これで全部ですか。《名詞用法》**

這些就全部了嗎？

② **お弁当はもう全部食べました。《副詞用法》**

便當已經全部都吃完了。

4. 全部で【總共～】

表示總計的數量。

---

① **A：全部でいくらですか。**

總共是多少錢呢？

B：（全部で）1,300 円です。

（總共是）1,300 日圓。

② **全部で 20 人参加します。**

總共會有 20 個人參加。

5. 一人で【一個人去～】

表示一個人去做後項的動作。

---

① **いつも一人で昼ご飯を食べています。**

我總是一個人吃午餐。

② **今回は一人で旅行をします。**

我這次會一個人去旅行。

6. 自分（じぶん）で【自己做～】

表示靠自己去做後項的動作。

① **自分（じぶん）で作（つく）った料理（りょうり）が好（す）きです。**
我喜歡自己煮的料理。

② **自分（じぶん）のことは自分（じぶん）でしてください。**
自己的事情請自己做。

7. 一緒（いっしょ）に【一起～】

表示和某人一起做後項的動作。

① **一緒（いっしょ）に晩（ばん）ごはんを食（た）べませんか。**
要不要一起吃晚餐呢？

② **６月（ろくがつ）に妹（いもうと）と一緒（いっしょ）に韓国（かんこく）へ行（い）きます。**
我６月會和妹妹一起去韓國。

8. 別々（べつべつ）に【分開～】

表示分開或分別做後項動作。

① **すみません。別々（べつべつ）に包（つつ）んでください。**
不好意思。請幫我分開包裝。

② **別々（べつべつ）に払（はら）います。**
我要分開付款。

練習問題

① ＿＿＿ あした じかんが あったら、えいがを 見に いきませんか。
1. いくら　2. もし　3. ぜひ　4. まだ

② ＿＿＿いけんが ありますか。 なかったら、 これで おわります。
1. なかなか　2. じつは　3. ほかに　4. だんだん

③ 田中せんせいは ＿＿＿やさしくて、 おしえ方も じょうずです。
1. ほんとうに　2. べつべつに　3. じぶんで　4. まっすぐ

④ からだの ちょうしが ＿＿＿ よく なりません。
1. ぜひ　2. もう　3. みんなで　4. なかなか

⑤ コップは ＿＿＿ いくつ 要りますか。
1. ぜんぶ　2. ぜんぶで　3. みんな　4. みんなと

⑥ ＿＿＿ きのうの 授業に いきませんでした。
1. じつは　2. いつも　3. ぜひ　4. べつべつに

⑦ ＿＿＿ 木村さんに あいたいです。
1. いくら　2. だんだん　3. まっすぐ　4. ぜひ

⑧ ＿＿＿ おいしくても、 たくさん たべません。
1. ひとりで　2. じつは　3. いくら　4. もし

解答與題目中譯

①	②	③	④	⑤	⑥	⑦	⑧
2	3	1	4	2	1	4	3

【題目中譯】

① もし明日時間があったら、映画を見に行きませんか。
如果明天有時間的話，要不要去看電影呢？

② 他に意見がありますか。なかったら、これで終わります。
有其他意見嗎？沒有的話，就到這邊結束。

③ 田中先生は本当に優しくて、教え方も上手です。
田中老師真的很溫柔，也很會教。

④ 体の調子がなかなかよくなりません。
身體的狀況遲遲沒有變好。

⑤ コップは全部でいくつ要りますか。
杯子總共需要幾個呢？

⑥ 実は昨日の授業に行きませんでした。
其實我沒有去昨天的課。

⑦ ぜひ木村さんに会いたいです。
我非常想要跟木村先生見面。

⑧ いくらおいしくても、たくさん食べません。
就算很好吃，我也不會吃很多。

Day 09 N5 必懂「副詞」用法(二)

副詞用來修飾動詞或形容詞。副詞要放在要修飾的詞前面。

一、順序、步驟

1. まず【首先~】

敘述首先要提出的事、做的事、首先的步驟等。

① **まずこの資料(しりょう)をコピーしてください。**

首先請影印這份資料。

② **まず相手(あいて)の話(はなし)を聞(き)いてから、自分(じぶん)の意見(いけん)を言(い)います。**

首先先聽對方的話,再說自己的意見。

2. 最初(さいしょ)に【首先~/一開始~】

敘述一開始要提出的事、做的事、首先的步驟等。日本人常和「まず」一起使用,用「まず最初に」表示強調首先的步驟。

① **最初(さいしょ)に飲(の)み物(もの)を注文(ちゅうもん)しましょう。**

一開始先來點飲料吧!

② **国(くに)へ帰(かえ)ったら、まず最初(さいしょ)に母(はは)に会(あ)いに行(い)きます。**

回國後,首先會去看母親。

3. 先(さき)に【先~】

敘述要先做的事。

① 着いたら、先にお店に入ってください。

你到的話，請你先進店家。

② 先にその資料をコピーしてください。

請你先印那份資料。

4. 次に【接下來～】

敘述接下來要做的事或步驟。

---

① 先にお金を入れてください。次にボタンを押してください。

請你先投入錢。接下來請你按按鈕。

② 先に卵を入れて、次に肉を入れます。

請你先加蛋再放肉進去。

5. 最後に【最後～】

敘述最後要做的事或是步驟。

---

① では、最後に一言お願いします。

那麼，最後請你說一句話。

② まず、鍋に肉を入れます。次に野菜を入れます。最後に調味料で味付けをします。

首先，把肉放到鍋子裡。接下來再放入菜。最後用調味料調味。

二、動作發生的頻率

1. 初めて【第一次～】

表示第一次做某事。

---

① 初めてこの店へ来ました。

我第一次來到這間店。

② 初めて自分で料理を作りました。

我第一次自己做菜。

2. また【再～】

表示再做後項的動作。

---

① **また今度一緒に旅行をしましょう。**

我們下次再一起旅行吧！

② **きれいな所ですね。来年また来たいです。**

很漂亮的地方耶！我明年還想再來。

3. いつも【總是～】

表示總是做後項的動作或是狀態。

---

① **朝ご飯はいつもパンとコーヒーです。**

早餐總是麵包和咖啡。

② **旅行の時、いつもお土産をたくさん買います。**

旅行的時候，總是會買很多名產。

4. 時々【有時候～／偶爾～】

表示有時候做某動作。

---

① **朝はいつも 8 時に起きていますが、時々 9 時に起きます。**

早上總是 8 點起床，但有時候會 9 點起床。

② **時々学生時代のことを思い出します。**

有時候會想起學生時期的事情。

5. 一度(いちど)も【一次都不～／一次都沒～】

後項要接否定句。表示一次都沒有發生後項的事。

① **フランス料理(りょうり)を一度(いちど)も食(た)べたことがありません。**
我一次都沒有吃過法國料理。

② **そんな話(はなし)、一度(いちど)も聞(き)いたことがありません。**
我一次都沒有聽過那種事情。

三、程度的高低、量的多寡

1. よく【很～／經常～】

表示很～、程度很高。也可以表示經常做某動作。後項要接動詞。

① **彼女(かのじょ)はフランス語(ご)がよくわかります。**
她很懂法文。

② **よくこの店(みせ)で晩(ばん)ごはんを食(た)べます。**
我經常在這間店吃晚餐。

2. とても【很～／非常～】

表示程度很高。後項要接形容詞。

① **あの映画(えいが)はとてもおもしろいです。**
那部電影非常有趣。

② **今日(きょう)はとても寒(さむ)いですね。**
今天非常冷呢！

3. ずっと【一直～／～得很】

敘述一直做後項動作，或是表示程度差很多時使用。

① これからもずっと日本語(にほんご)を勉強(べんきょう)したいです。

我接下來也想要一直學習日文下去。

② この店(みせ)のラーメンは先週(せんしゅう)食(た)べた店(みせ)よりずっとおいしいです。

這間店的拉麵比上週吃的店還要好吃得很。

4. 大体(だいたい)【大部分、大致上】

表示大致上是後項的動作或狀態。

① 彼(かれ)の考(かんが)えがだいたいわかります。

我大致上懂他的想法。

② 宿題(しゅくだい)はだいたい終(お)わりました。

作業大致上結束了。

5. たくさん【很多】

敘述量很多或是很多後項的情況。

① 今日(きょう)はすることがたくさんあります。

我今天有很多要做的事。

② さっき白(しろ)ご飯(はん)をたくさん食(た)べました。

我剛剛吃了好多白飯。

6. 少し（すこし）【一點點／一些些】

敘述量很少或是很少後項的情況。後項句子通常接肯定句。

① **少し（すこし）疲れ（つか）ました。**

有一點累了。

② **少し（すこし）暑（あつ）いですね。**

有點熱呢！

7. ちょっと【一點點／一下下】

敘述量很少或是一下下後項的情況。跟「少し（すこし）」意思差不多，但使用請況更廣泛，也比較口語。另外，後項句子接肯定句或否定句都可以。

① **ちょっとすみません。今時間（いまじかん）がありますか。**

不好意思。現在有時間嗎？

② **その問題（もんだい）はちょっとわかりません。**

那個問題我有點不清楚。

8. あまり【不太～】

後項接否定句，表示程度不太～。後項可接動詞或形容詞。

① **彼（かれ）はあまり野菜（やさい）を食（た）べません。**

他不太吃菜。

② **この料理（りょうり）はあまりおいしくないです。**

這道料理不太好吃。

9. 全然【一點都不～／完全不～】

後項接否定句，表示完全否定後項的動作或狀態。後項可接動詞或形容詞。

---

① **木村さんを1時間待っていますが、全然来ません。**

雖然等了木村先生一個小時，但他完全沒有要來的跡象。

② **このパーティーは全然楽しくないです。**

這個派對一點都不有趣。

四、時間

1. 暫く【一陣子】

表示有一陣子都是後項的情況。若用「しばらくですね」還可以當作「好久不見」之意。

---

① **暫く日本へ行っていません。**

我有一陣子沒有去日本了。

② **しばらく様子を見ます。**

我再看狀況一陣子。（「我再觀察看看狀況」之意。）

2. 最近【最近】

敘述最近的狀況。

---

① **最近どうですか？**

最近如何呢？

② **部長は最近忙しいです。**

部長最近很忙碌。

3. さっき【剛剛】

敘述剛剛做了某事或是發生某事。要搭配過去時態。

---

① **さっき田中さんと晩ごはんを食べました。**

我剛剛跟田中先生吃晚餐了。

② **さっき会議をしました。**

我剛剛開了會。

4. 今【現在】

敘述現在是什麼狀況或是在做某動作。

---

① **今何時ですか。**

現在是幾點呢？

② **今何をしていますか。**

妳現在正在做什麼呢？

5. すぐ【馬上】

敘述馬上會是後項狀態或是會做後項動作。

---

① **子供はすぐ大きくなりますよ。**

小孩馬上就會長大喔！

② **昨日は帰ったら、すぐ寝ました。**

昨天回家後，我就馬上睡覺了。

6. これから【接下來／今後】

敘述接下來或今後會是後項狀態或是會做後項動作。要搭配未來時態。

---

① **これから友達と映画を見に行きます。**

我接下來要跟朋友去看電影。

② **これからお世話になります。**

今後要請你多多關照了。

7. だんだん【漸漸地】

敘述漸漸地發生後面狀態或動作。後項要接和表示變化意思的句子。

---

① **これからだんだん暑くなりますよ。**

接下來會漸漸地變熱喔！

② **風邪がだんだん良くなってきた。**

感冒漸漸好轉了。

8. ゆっくり【慢慢地／好好地】

敘述慢慢地發生後項的事或慢慢做後項動作。搭配「寝ます」、「休みます」等動詞時，有「好好地、充分地」的意思。

---

① **ゆっくり食べましょう。**

我們慢慢吃吧！

② **今日はゆっくり休んでくださいね。**

今天請你好好地休息喔！

9. そろそろ【差不多】

表示差不多是後項狀態或是差不多要做後項動作。

① **そろそろ9時(くじ)ですね。**

差不多9點了呢！

② **そろそろ出(で)かけます。**

我差不多要出門了。

10. あとで【等一下】

敘述等一下會有後項狀態或是等一下再做某事。

① **あとで英語(えいご)の授業(じゅぎょう)があります。**

等一下有英文課。

② **お弁当(べんとう)はあとで食(た)べます。**

等一下再吃便當。

練習問題

① きのう ＿＿＿ すしを　たべました。

1. つぎに　2. はじめて　3. ときどき　4. とても

② フランス語の　あいさつの　ことばは ＿＿＿ わかります。

1. とても　2. あまり　3. だいたい　4. ぜんぜん

③ ＿＿＿ 田中さんに　でんわを　かけました。

1. これから　2. あとで　3. そろそろ　4. さっき

④ かぜを　ひいて、あたまが ＿＿＿ いたく　なってきた。

1. だんだん　2. べつべつに　3. じぶんで　4. まっすぐ

⑤ おさけは ＿＿＿ のみません。

1. よく　2. あまり　3. つぎに　4. また

⑥ ＿＿＿ぶちょうに　かくにんしてから、しりょうを　つくりましょう。

1. ずっと　2. しばらく　3. まず　4. いちども

⑦ ＿＿＿ かいぎを　しています。

1. いま　2. すぐ　3. そろそろ　4. とても

⑧ ＿＿＿ にほんごを　ならっています。

1. だんだん　2. さいきん　3. さいごに　4. あとで

解答與題目中譯

①	②	③	④	⑤	⑥	⑦	⑧
2	3	4	1	2	3	1	2

【題目中譯】

① 昨日初めて寿司を食べました。
我昨天第一次吃壽司。

② フランス語の挨拶の言葉はだいたいわかります。
我大致上懂法文的打招呼用語。

③ さっき田中さんに電話をかけました。
我剛剛打電話給田中小姐了。

④ 風邪をひいて、頭がだんだん痛くなってきた。
感冒之後，頭越來越痛了。

⑤ お酒はあまり飲みません。
我不太喝酒。

⑥ まず部長に確認してから、資料を作りましょう。
首先跟部長確認之後，再製作資料吧！

⑦ 今会議をしています。
我現在正在開會。

⑧ 最近日本語を習っています。
我最近在學習日文。

Day 10 N5 必懂「助詞」用法（一）

一個助詞會有許多用法及意思，雖然往後還會學到更多意思，但在本書主要整理 N5 學習過的助詞概念來整理用法。

1. は

用法 1：　名詞は～

表示句子的主詞、主題。「は」字當助詞時要念「わ」的音。著重於敘述後項的內容。

① **私(わたし)は田中(たなか)です。**

我是田中。

② **木村(きむら)さんは医者(いしゃ)です。**

木村先生是醫生。

用法 2：　名詞は～

強調受詞作用。原本為助詞「を」或「が」，改成「は」後表示強調。

① **朝(あさ)ご飯(はん)は毎日(まいにち)食(た)べます。**

早餐我是每天都會吃。

② **レポートは今日(きょう)出(だ)してください。**

報告請今天繳交。

2. が

用法 1：　名詞が～

表示句子的主詞、主題。強調前項資訊。因此若主詞是疑問詞時，為了要強調疑問詞，不能用「は」，一定要用「が」。

① **あの方が田中教授です。**
那位就是田中教授。

② **だれが迎えに行きますか。**
誰會去接你呢？

《補充：比較用法》

① **彼は日本語の先生です。**
他是日文老師。
＊著重敘述日文老師的資訊。

② **彼が日本語の先生です。**
他就是日文老師。
＊著重敘述前項的「他」，強調敘述「他就是」日文老師。

用法 2：　名詞 $_1$ は　名詞 $_2$ が　形容詞。

表示形容詞指的對象。「は」比較是大主題，而「が」是再更加特寫敘述的小主題概念。

① **わたしはおもしろい映画が好きです。**
我喜歡有趣的電影。

② **（私は）白い車が欲しいです。**
我想要白色的車子。

用法 3：　名詞 が　自動詞

自動詞的固定助詞。有些自動詞固定需要使用助詞「が」來表達意思。

---

① フランス語(ご)がわかります。

我懂法文。

② 今晩(こんばん)は用事(ようじ)があります。

我今晚有事。

用法 4：　句子$_1$が、句子$_2$。

【雖然～但是～】連接兩個句子變成一句，表示逆接關係。前項句子會翻「雖然～」，後項句子會翻「但是～」。前後會接相反意思的句子。也就是說若前項句子敘述正面的事，後項就要敘述負面的事。反之，前項敘述負面的事，後項就要敘述正面的事。

---

① 明日(あした)は忙(いそが)しいですが、あさっては暇(ひま)です。

雖然明天很忙，但後天很閒。

② 学生(がくせい)の時(とき)、お金(かね)はそんなにありませんでしたが、毎日(まいにち)楽(たの)しかったです。

學生的時候雖然沒那麼多錢，但每天過得很開心。

3. も

用法 1：　名詞も～

【也～】表示敘述句相同，表示「～也是～」之意。

---

① 田中(たなか)さんも医者(いしゃ)です。

田中小姐也是醫生。

② 今日(きょう)も忙(いそが)しいですね。

今天也很忙碌呢！

用法 2：　名詞 1 も 名詞 2 も～

【～和～都～】以「～も～も」的方式使用。後項接肯定表示「兩者都～」，接否定表示「兩者都不～」之意。

① **数学(すうがく)も英語(えいご)も難(むずか)しいです。**

數學跟英文都很難。

＊是把「数学(すうがく)は難(むずか)しいです。英語(えいご)も難(むずか)しいです。」濃縮成一句話的表達方式。

② **私(わたし)は車(くるま)も家(いえ)もありません。**

我沒有車也沒有房子。

用法 3：　疑問詞 ＋ も ＋ 動詞否定

【～都沒～／～都不～】表示全部都否定。

① **朝(あさ)は何(なに)も食(た)べません。**

我早上什麼都不吃。

② **昨日(きのう)はどこ（へ）も行(い)きませんでした。**

我昨天哪裡都沒有去。

4. の

名詞 1 の 名詞 2

【的】名詞修飾名詞時使用。有時也可省略「の」後面的名詞。

① **それは私(わたし)のかぎです。**

那是我的鑰匙。

② **A：このペンはだれのですか。**

這支筆是誰的呢？

B：山下(やました)さんのです。

是山下小姐的。

5. と

用法 1： 名詞$_1$ と 名詞$_2$
名詞 と 動詞

【和～／與～】使用在「名詞和名詞」或是「和某人一起做某事」等。通常用「と」表示舉全部的事物。

① **朝食はパンと牛乳を買いました。**
早餐買了麵包跟牛奶。

② **今晩友達と映画を見ます。**
今晚和朋友看電影。

用法 2： 名詞$_1$ と 名詞$_2$ と

【～和】表示並列敘述。

① **ビールとワインとどちらが好きですか。**
你喜歡啤酒還是葡萄酒呢？

② **土曜日と日曜日とどちらが時間がありますか。**
週六和週日你哪一天比較有時間呢？

用法 3： 句子普通形 と 言います／思います。

表示引用助詞。把後項動詞的內容引用表達。

① **先生は明日小テストをすると言いました。**
老師說明天會小考。

② **明日の試験は難しいと思います。**
我認為明天的考試會很難。

6. ～や～（など）

名詞₁　や名詞₂　（など）～
名詞₁　など～

【～啊～，等等的】相較於助詞「と」是舉全部，助詞「や」表示從多項名詞中舉代表性的幾個例子來說明。

① **かばんの中(なか)に財布(さいふ)やケータイ（など）があります。**
包包裡有錢包啊手機啊等等的。

② **冬休(ふゆやす)みはスキーなどをします。**
寒假會去滑雪等等的。

7. ～から、～まで

名詞₁から　名詞₂まで～

【從～】【到～】表示時間或場所的起點和終點。

① **毎日(まいにち)9時(くじ)から5時(ごじ)まで働(はたら)きます。**
每天從9點工作到5點。

② **イギリスから来(き)ました。**
我是從英國來的。

8. より

名詞₁は　名詞₂より～

【比～】表示某主詞比「より」前面的詞～。

① **わたしは弟(おとうと)より背(せ)が低(ひく)いです。**
我比弟弟還要矮。

② **来月(らいげつ)は今月(こんげつ)より忙(いそが)しいです。**
下個月比這個月還要忙。

練習問題

練習問題

① きょうは　きのう＿＿＿　いそがしいです。
1. は　2. も　3. まで　4. より

② ことしの　りょこうは　大阪や　京都＿＿＿へ　いきます。
1. から　2. まで　3. など　4. より

③ あしたは　あめが　ふる＿＿＿　おもいます。
1. と　2. も　3. は　4. が

④ これは　せんせい＿＿＿　ほんです。
1. も　2. と　3. や　4. の

⑤ 10時＿＿＿　べんきょうします。
1. や　2. と　3. から　4. の

⑥ すみません。これ＿＿＿　なんですか。
1. は　2. が　3. の　4. と

⑦ このレストランは　サンドイッチ＿＿＿　おいしいです。
1. は　2. が　3. や　4. の

⑧ がっこう＿＿＿　あるいて　いきます。
1. など　2. より　3. まで　4. も

解答與題目中譯

①	②	③	④	⑤	⑥	⑦	⑧
4	3	1	4	3	1	2	3

【題目中譯】

① **今日(きょう)は昨日(きのう)より忙(いそが)しいです。**
今天比昨天忙碌。

② **今年(ことし)の旅行(りょこう)は大阪(おおさか)や京都(きょうと)などへ行(い)きます。**
今年的旅行會去大阪、京都等等的。

③ **明日(あした)は雨(あめ)が降(ふ)ると思(おも)います。**
我認為明天會下雨。

④ **これは先生(せんせい)の本(ほん)です。**
這是老師的書。

⑤ **10時(じゅうじ)から勉強(べんきょう)します。**
我從 10 點開始要讀書。

⑥ **すみません。これは何(なん)ですか。**
不好意思。這是什麼呢？

⑦ **このレストランはサンドイッチがおいしいです。**
這間餐廳三明治很好吃。

⑧ **学校(がっこう)まで歩(ある)いて行(い)きます。**
我要走路到學校。

Day 11 N5 必懂「助詞」用法（二）

一個助詞會有許多用法及意思，雖然往後還會學到更多意思，但在本書主要整理 N5 學習過的助詞概念來整理用法。

1. へ

名詞（場所）へ ＋ 具有方向的動詞

【往～】表示「方向助詞」，需要搭配「行きます（去）、来ます（來）、帰ります（回家）」等具有方向的動詞使用。「へ」前面接和場所有關的名詞，表示往某個目的地。

① **来月家族とアメリカへ行きます。**

下個月會和家人去美國。

② **昨日は 10 時にうちへ帰りました。**

我昨天 10 點回家。

2. を

用法 1： 名詞（受詞）を ＋ 他動詞

接他動詞的直接受詞。

① **今朝パンと魚を食べました。**

今天早上吃了麵包跟魚。

② **明日メールを送ります。**

我明天會寄 E-mail。

用法 2：　名詞（場所）を　＋　自動詞

【從～（離開）】搭配從某場所離開意思的自動詞。表示動作離開的起點（動作離開的場所）。

① **明日何時にうちを出ますか。**

明天要幾點出門呢？

② **次の駅で電車を降ります。**

我要在下一站下電車。

用法 3：　名詞（場所）を　＋　自動詞

【在～（移動）】表示動作的通過點。某動作在某個場所內移動。助詞「を」前面搭配場所。搭配動詞為「散歩する（散步）、歩く（走路）、走る（跑步）、通る（經過）、曲がる（轉彎）、渡る（過）、飛ぶ（飛）」等自動詞。

① **ご飯を食べたら、公園を散歩しましょう。**

吃完飯之後，我們在公園散步吧！

② **あの信号を右へ曲がってください。**

請在那個紅綠燈往右轉。

3. で

用法 1：　名詞（人）で　＋　動詞

【～一起】表示包含主詞的人一起去做後項的動作。

① **その仕事は私と田中さんでします。**

那份工作我會跟田中一起做。

② **みんなで温泉旅行に行きましょう。**

大家一起去溫泉旅行吧！

用法 2：　名詞（方法）で ＋ 動詞

【用～】表示方法助詞。用前項名詞所敘述的方法、工具、交通工具、材料等去做後項的動作。

① バスで学校(がっこう)へ行(い)きます。

我要搭公車去學校。

② 英語(えいご)でスピーチをします。

我要用英文演講。

用法 3：　名詞（場所）で ＋ 動詞

【在～】表示場所助詞。表示後項動作或活動發生或舉行的場所，在某地方做某事。

① 図書館(としょかん)で宿題(しゅくだい)をします。

在圖書館寫作業。

② 昨日(きのう)学校(がっこう)でサッカーの試合(しあい)がありました。

昨天在學校有舉行足球比賽。

用法 4：　名詞（範圍）で～

【在～】表示限定範圍。在前項名詞所指定的範圍內去做選擇或做後項的事。

① 一週間(いっしゅうかん)で月曜日(げつようび)がいちばん忙(いそが)しいです。

一週裡面週一是最忙的。

② 花(はな)の中(なか)でさくらがいちばん好(す)きです。

在花裡面最喜歡櫻花。

4. に

用法 1： 名詞（時間點）に ＋ 瞬間動詞

【在～時候】如果要敘述某動作在某個時刻發生時，動詞前面的時間點有數字（幾點幾分／幾月幾號）、特定節日或日子（生日／過年／週末等）時需要加助詞「に」。接星期幾時要加不加都可以。

① **昨日(きのう) 11時(じゅういちじ)に寝(ね)ました。**

我昨天 11 點睡覺。

② **誕生日(たんじょうび)に家族(かぞく)と食事(しょくじ)します。**

我生日那一天會和家人用餐。

用法 2： 名詞（受益者）に ＋ 授受表現

【給～】若在授受表現中，主詞的行為者給別人某物或付出某行為時，接受物品或是行為的對象（受益者）要用助詞「に」來接。

① **わたしは先生(せんせい)にカードを書(か)きました。**

我寫了卡片給老師。

② **田中(たなか)さんは陳(ちん)さんに日本語(にほんご)を教(おし)えてあげました。**

田中先生教陳小姐日文。

用法 3：　名詞（行為者）に　＋　授受表現

【從～（得到）】若在授受表現中，主詞的受益者從別人那邊得到某物或接受某行為時，行為的對象（行為者）要用助詞「に」來接。有時也會用「から」，尤其對象是機構時較常使用「から」。

---

① **ジョン先生に英語を習いました。**

我向 John 老師學了英文。

② **私は姉におすすめの参考書を買ってもらいました。**

我請姊姊買她推薦的參考書給我。

用法 4：　名詞（期間）に　～回　＋　動詞

【在（某期間內）做（幾次）某動作】敘述動作發生的頻率。表示在某期間內發生某動作的次數等。

---

① **一週間に 3 回日本語を勉強します。**

一個禮拜讀 3 次日文。

② **1 日に 2 回ご飯を食べます。**

一天吃兩次飯。

用法 5：　名詞$_1$（目的地）へ　名詞$_2$（目的）に　行きます
来ます
帰ります

【（去～）做～】和表達方向的動詞一起使用。表示去某地方時要做什麼事，敘述目的。

---

① **日本へ漫画文化の研究に行きます。**

我要去日本研究漫畫文化。

② **あとで家へレポートを取りに帰ります。**

我等等會回家拿一下報告。

用法 6：　名詞　に　＋　自動詞

有些自動詞需要固定使用助詞「に」。

① **昨日佐藤さんに会いました。**

我昨天跟佐藤先生見面了。

② **もう日本の生活に慣れました。**

已經適應了日本的生活。

用法 7：　名詞（場所）に　＋　います／あります

【在～】搭配表達存在的自動詞「います」及「あります」，用助詞「に」可敘述存在的場所。

① **田中部長は会議室にいます。**

田中部長在會議室。

② **机の上に日本語の本があります。**

在桌子上有日文書。

用法 8：　名詞（場所）に　＋　動詞

【在～】表示動作的到達點。中文翻譯的順序若是「動作＋在 / 到 / 入＋場所」時，通常會用助詞「に」來接場所。

① **荷物はここに置いてください。**

行李請你放到這邊。

② **今東京に住んでいます。**

我現在住在東京。

5. か

用法 1：　句子か。

【～嗎？／～呢？】放在句尾，語調往上變成疑問句。也可表示於用反問的方式進行確認。

① **佐藤さんは会社員ですか。**

佐藤小姐是公司職員嗎？

② **A：これは何ですか。**

這是什麼呢？

B：これですか。これは日本語の教科書です。

你說這個嗎？這是日文的教科書。

用法 2：　句子$_1$か、句子$_2$か。

【～嗎？還是～呢？】放在句尾，讓對方選擇的疑問句。

① **A：この傘は田中さんのですか、山下さんのですか。**

這把傘是田中先生的嗎？還是山下小姐的呢？

B：田中さんのです。

是田中先生的。

② **A：今日は外で晩ごはんを食べますか、家へ帰って食べますか。**

今天要在外面吃晚餐？還是回家吃呢？

B：帰って食べると思います。

我想我會回家吃。

用法 3：　そうですか。

【是這樣啊】「そうですか。」語調往下時表示感嘆語氣。

① A：東京駅(とうきょうえき)は次(つぎ)ですよ。

東京車站就是下一站喔！

B：そうですか。ありがとうございます。

是這樣啊！謝謝你。

② A：フランスはきれいでしたよ。

法國很漂亮喔！

B：そうですか。私(わたし)も行(い)きたいです。

是這樣啊！我也好想去。

用法 4：　名詞$_1$　か　名詞$_2$

【～或是～】放在名詞和名詞中間，表示「或者」，敘述二選一時使用。

① 明日(あした)かあさって、時間(じかん)がありますか。

明天或後天你有時間嗎？

② この問題(もんだい)は木村(きむら)さんか田中(たなか)さんに聞(き)いてください。

這個問題請你去問木村先生或是田中先生。

6. ね

用法 1：　句子ね。

【～呢】放在句尾。主要有五種意思。「表示對對方同情的語氣」、「稱讚對方的語氣」、「希望對方同意的語氣」、「同意對方的語氣」、「反問語氣」等。

① 田中(たなか)さんは本当(ほんとう)に歌(うた)が上手(じょうず)ですね。《稱讚》

田中小姐真的很會唱歌呢！

② A：ここのラーメンはおいしいですね。《希望對方同意》

這間店的拉麵很好吃對不對？

B：ええ、そうですね。《同意對方》

對呀！是那樣沒錯。

用法 2： そうですね。

【嗯—／我想一下】用「そうですね」，搭配思考的語氣。在對話時還在思考時可以用。

---

① **A：今週の日曜日はどこへ遊びに行きたいですか。**

這禮拜日要去哪裡玩呢？

B：そうですね。海はどうですか。

嗯—，海邊怎麼樣？

② **A：この資料、ABC 社に送りましょうか。**

這份資料，我要不要寄到 ABC 公司呢？

B：そうですね。部長に見せてから、送りましょう。

我想一下喔，先給部長看了之後再寄出吧！

7. よ

句子よ。

【～喔！】放在句尾，可用於告訴對方不知道的事情，也可用於無論對方知不知道，但想要強調自己的意見或想法時。相當於中文的「～喔」的意思。

---

① **A：あの方はどなたですか。**

那位是誰呢？

B：田中先生ですよ。

田中老師喔！

② **その話し方はあまり良くないですよ。**

那個說話方式不太好喔！

練習問題

① まいばん　1時間　こうえん______　さんぽします。
1. で　2. に　3. へ　4. を

② にほんご______　レポートを　かきます。
1. へ　2. で　3. よ　4. を

③ あした　ともだちと　大阪______　いきます。
1. で　2. を　3. へ　4. が

④ さわらないでください。あぶないです______。
1. か　2. よ　3. も　4. を

⑤ あそこ______　くるまを　とめてください。
1. で　2. に　3. へ　4. を

⑥ 一年______　2回　かいがいりょこうに　いきます。
1. に　2. を　3. で　4. と

⑦ まいばん　レストラン______　ごはんを　たべます。
1. に　2. で　3. を　4. へ

⑧ どこで　バス______　おりますか。
1. を　2. で　3. に　4. へ

解答與題目中譯

①	②	③	④	⑤	⑥	⑦	⑧
4	2	3	2	2	1	2	1

【題目中譯】

① 毎晩1時間公園を散歩します。
每天晚上會在公園散步 1 個小時。

② 日本語でレポートを書きます。
我要用日文寫報告。

③ 明日友達と大阪へ行きます。
我明天會和朋友去大阪。

④ 触らないでください。危ないですよ。
請不要摸。很危險喔！

⑤ あそこに車を止めてください。
請把車子停在那裡。

⑥ 一年に2回海外旅行に行きます。
我一年會去兩次國外旅行。

⑦ 毎晩レストランでご飯を食べます。
每天晚上會在餐廳吃飯。

⑧ どこでバスを降りますか。
要在哪裡下公車呢？

Day 12 N5 必懂「數量詞」

數量詞用來數人、物品的數量等。日文的數量詞在數字或量詞部分有些會產生變化，如下表，要特別注意。

	一	十	百	千	万	億
1					いちまん 一万	いちおく 一億
3			さん**び**ゃく 三百	さん**ぜ**ん 三千		
6			ろ**っぴ**ゃく 六百			
8			は**っぴ**ゃく 八百	は**っせ**ん 八千		
何		なんじゅう 何十	なん**び**ゃく 何百	なん**ぜ**ん 何千	なんまん 何万	なんおく 何億

1. ～円（えん）【～日圓】

數字唸完直接接量詞。若說「～円札（えんさつ）」意思為「～日圓鈔票」，可表示鈔票面額。

---

① **A: いくらですか。**

多少錢呢？

B: 130 円（ひゃくさんじゅう えん）です。

130 圓。

② **千円札（せんえんさつ）が 3 枚（さんまい）あります。**

有 3 張千元鈔票。

2. ～人（にん）【～人】

1	1人（ひとり）	6	6人（ろくにん）
2	2人（ふたり）	7	7人（なな/しちにん）
3	3人（さんにん）	8	8人（はちにん）
4	4人（よにん）	9	9人（きゅうにん）
5	5人（ごにん）	10	10人（じゅうにん）
		?	何人（なんにん）

數人數時使用。

① **田中（たなか）さんは子供（こども）が2人（ふたり）います。**

田中小姐有2個小孩。

② **教室（きょうしつ）に学生（がくせい）が10人（じゅうにん）います。**

教室裡有10位學生。

3. ～つ【～個】

1	1つ（ひと）	6	6つ（むっ）
2	2つ（ふた）	7	7つ（なな）
3	3つ（みっ）	8	8つ（やっ）
4	4つ（よっ）	9	9つ（ここの）
5	5つ（いつ）	10	10（とお）
		?	いくつ

數人以外的物品時使用。例如，水果、桌椅、食物、飲料、年齡等，唸法為日文固定用法。10以上則直接唸數字即可。

① **りんごを3（みっ）つください。**

請給我3顆蘋果。

② **アイスクリームを2（ふた）つ買（か）いました。**

我買了兩支冰淇淋。

4. ～個(こ)【～個】

1	1個(いっこ)	6	6個(ろっこ)
2	2個(にこ)	7	7個(ななこ)
3	3個(さんこ)	8	8個(はっこ)
4	4個(よんこ)	9	9個(きゅうこ)
5	5個(ごこ)	10	10個(じゅっこ)
		?	何個(なんこ)

數小物品時使用。有時翻譯會視物品調整。

① **消(け)しゴムを1個(いっこ)貸(か)してください。**

請借我 1 個橡皮擦。

② **この料理(りょうり)は卵(たまご)を2個(にこ)使(つか)います。**

這道料理會使用 2 顆蛋。

5. ～枚(まい)【～張、～件】

1	1枚(いちまい)	6	6枚(ろくまい)
2	2枚(にまい)	7	7枚(ななまい)
3	3枚(さんまい)	8	8枚(はちまい)
4	4枚(よんまい)	9	9枚(きゅうまい)
5	5枚(ごまい)	10	10枚(じゅうまい)
		?	何枚(なんまい)

表示數薄或扁平的東西時使用。例如，紙、盤子、薄襯衫、棉被、葉子、鈔票等。

① **この資料(しりょう)を5枚(ごまい)コピーしてください。**

請幫我印 5 張這份資料。

② **お皿(さら)を2枚(にまい)ください。**

請給我 2 個盤子。

6. ～台（だい）【～台】

1	1台（いちだい）	6	6台（ろくだい）
2	2台（にだい）	7	7台（ななだい）
3	3台（さんだい）	8	8台（はちだい）
4	4台（よんだい）	9	9台（きゅうだい）
5	5台（ごだい）	10	10台（じゅうだい）
		?	何台（なんだい）

表示機器類物品幾台時使用。

① **佐藤（さとう）さんは車（くるま）を 2 台（にだい）持（も）っています。**

佐藤先生擁有 2 台車。

② **旅行（りょこう）にカメラを 1 台（いちだい）持（も）って行（い）きます。**

我會帶 1 台相機去旅行。

7. ～段（だん）【～層】

1	1段（いちだん）	6	6段（ろくだん）
2	2段（にだん）	7	7段（ななだん）
3	3段（さんだん）	8	8段（はちだん）
4	4段（よんだん）	9	9段（きゅうだん）
5	5段（ごだん）	10	10段（じゅうだん）
		?	何段（なんだん）

表示櫃子幾層時使用。

① **この棚（たな）は 5 段（ごだん）あります。**

這個櫃子有 5 層。

② **箸（はし）とスプーンは下（した）から 2 段目（にだんめ）の引（ひ）き出（だ）しにあります。**

筷子和湯匙在倒數第二層的抽屜裡。

8. ～番(ばん)【～號、第～】

1	1番(いちばん)	6	6番(ろくばん)
2	2番(にばん)	7	7番(ななばん)
3	3番(さんばん)	8	8番(はちばん)
4	4番(よんばん)	9	9番(きゅうばん)
5	5番(ごばん)	10	10番(じゅうばん)
		?	何番(なんばん)

表示順序幾號、排名第幾等時使用。

① **わたしは何(なん)でも一番(いちばん)を取(と)りたい。**

我什麼都想拿第一。

② **番号札(ばんごうふだ)の番号(ばんごう)は 8番(はちばん)です。**

號碼牌上的號碼是 8 號。

9. ～番線(ばんせん)【第～月台】

1	1番線(いちばんせん)	6	6番線(ろくばんせん)
2	2番線(にばんせん)	7	7番線(ななばんせん)
3	3番線(さんばんせん)	8	8番線(はちばんせん)
4	4番線(よんばんせん)	9	9番線(きゅうばんせん)
5	5番線(ごばんせん)	10	10番線(じゅうばんせん)
		?	何番線(なんばんせん)

表示數第幾月台時使用。

① **2番線(にばんせん)で乗(の)り換(か)えてください。**

請你在第 2 月台換車。

② **大阪(おおさか)行(い)きの新幹線(しんかんせん)は 5番線(ごばんせん)です。**

往大阪的新幹線是第 5 月台。

10. ～階（かい）【～樓】

1	**1階**（いっかい）	6	**6階**（ろっかい）
2	2階（にかい）	7	7階（ななかい）
3	**3階**（さんがい）	8	**8階**（はっかい）
4	4階（よんかい）	9	9階（きゅうかい）
5	5階（ごかい）	10	**10階**（じゅっかい）
		?	**何階**（なんがい）

表示樓層幾樓時使用。

① **彼（かれ）の家（いえ）は16階（じゅうろっかい）にあります。**

他的家是在 16 樓。

② **（エレベーターで）すみません。8階（はっかい）お願（ねが）いします。**

（在電梯裡）不好意思，請幫我按 8 樓。

11. ～回（かい）【～次】

1	**1回**（いっかい）	6	**6回**（ろっかい）
2	2回（にかい）	7	7回（ななかい）
3	3回（さんかい）	8	**8回**（はっかい）
4	4回（よんかい）	9	9回（きゅうかい）
5	5回（ごかい）	10	**10回**（じゅっかい）
		?	何回（なんかい）

表示次數幾次時使用。

① **フランスへ1回（いっかい）行（い）ったことがあります。**

我去過法國 1 次。

② **一週間（いっしゅうかん）に2回（にかい）運動（うんどう）をします。**

一週會運動兩次。

12. ～歳(さい)【～歲】

1	いっさい **1歳**	6	ろくさい 6歳
2	にさい 2歳	7	ななさい 7歳
3	さんさい 3歳	8	はっさい **8歳**
4	よんさい 4歳	9	きゅうさい 9歳
5	ごさい 5歳	10	じゅっさい **10歳**
		?	なんさい 何歳

表示年齡幾歲時使用。＊ 20 歲時，常唸「20歳(はたち)」。

① **田中(たなか)さんは 17歳(じゅうななさい)です。**

田中小姐 17 歲。

② **18歳(じゅうはっさい)から車(くるま)を運転(うんてん)することができます。**

從 18 歲開始可以開車。

13. ～冊(さつ)【～本】

1	いっさつ **1冊**	6	ろくさつ 6冊
2	にさつ 2冊	7	ななさつ 7冊
3	さんさつ 3冊	8	はっさつ **8冊**
4	よんさつ 4冊	9	きゅうさつ 9冊
5	ごさつ 5冊	10	じゅっさつ **10冊**
		?	なんさつ 何冊

表示數書本幾本時使用。

① **この授業(じゅぎょう)は教科書(きょうかしょ)を 3冊(さんさつ)使(つか)います。**

這個課程會使用 3 本課本。

② **今日(きょう)は本屋(ほんや)で雑誌(ざっし)を 5冊(ごさつ)買(か)いました。**

今天在書店買了 5 本雜誌。

14. ～点（てん）【～分】

1	**1点**（いってん）	6	6点（ろくてん）
2	2点（にてん）	7	7点（ななてん）
3	3点（さんてん）	8	**8点**（はってん）
4	4点（よんてん）	9	9点（きゅうてん）
5	5点（ごてん）	10	**10点**（じゅってん）
		?	何点（なんてん）

表示分數幾分時使用。

① **今日（きょう）の試験（しけん）は80点（はちじゅってん）でした。**

今天的考試是 80 分。

② **合格点（ごうかくてん）は70点（ななじゅってん）です。**

及格分數是 70 分。

15. ～杯（はい）【～杯、～碗】

1	**1杯**（いっぱい）	6	**6杯**（ろっぱい）
2	2杯（にはい）	7	7杯（ななはい）
3	**3杯**（さんばい）	8	**8杯**（はっぱい）
4	4杯（よんはい）	9	9杯（きゅうはい）
5	5杯（ごはい）	10	**10杯**（じゅっぱい）
		?	**何杯**（なんばい）

表示飲料等幾杯，或是數幾碗的碗裝物時使用。

① **ビールを3杯（さんばい）飲（の）みました。**

我喝了 3 杯啤酒。

② **同（おな）じものをもう1杯（いっぱい）お願（ねが）いします。**

請再給我一杯同樣的東西。

16. ～匹（ひき）【～隻】

1	**1匹**（いっぴき）	6	**6匹**（ろっぴき）
2	2匹（にひき）	7	7匹（ななひき）
3	**3匹**（さんびき）	8	**8匹**（はっぴき）
4	4匹（よんひき）	9	9匹（きゅうひき）
5	5匹（ごひき）	１０	**１０匹**（じゅっぴき）
		?	**何匹**（なんびき）

表示動物、昆蟲等幾隻時使用。實際翻譯依生物做適當調整即可。

---

① **店の前に犬が 2 匹います。**

店家前面有 2 隻狗。

② **魚を 2 匹買いました。**

買了兩條魚。

17. ～本（ほん）【～根、～支、～瓶】

1	**1本**（いっぽん）	6	**6本**（ろっぽん）
2	2本（にほん）	7	7本（ななほん）
3	**3本**（さんぼん）	8	**8本**（はっぽん）
4	4本（よんほん）	9	9本（きゅうほん）
5	5本（ごほん）	１０	**１０本**（じゅっぽん）
		?	**何本**（なんぼん）

若是名詞「本」則表示「書」的意思。但如果當量詞前面加數字時，則是指細而長的東西「～根、～支、～瓶」等的意思。

---

① **鉛筆を 1 本貸してください。**

請借我一支筆。

② **ワインを 2 本買いました。**

買了兩瓶葡萄酒。

18. ～年(ねん)【～年】

1	1年(いちねん)	6	6年(ろくねん)
2	2年(にねん)	7	7年(ななねん)
3	3年(さんねん)	8	8年(はちねん)
4	**4年(よねん)**	9	9年(きゅうねん)
5	5年(ごねん)	10	10年(じゅうねん)
		?	何年(なんねん)

表示時間的「～年」的意思。

① **ドイツ語(ご)を1年(いちねん)勉強(べんきょう)したことがあります。**

我有學過 1 年的德文。

② **わたしは1970年(せんきゅうひゃくななじゅうねん)に生(う)まれました。**

我出生於 1970 年。

19. ～か月(げつ)【～個月】

1	**1か月(いっげつ)**	6	**6か月(ろっげつ)**
2	2か月(にげつ)	7	7か月(ななげつ)
3	3か月(さんげつ)	8	**8か月(はっげつ)**
4	4か月(よんげつ)	9	9か月(きゅうげつ)
5	5か月(ごげつ)	10	**10か月(じゅっげつ)**
		?	何か月(なんげつ)

表示時間的「～個月」的意思。

① **2か月前(にげつまえ)に日本(にほん)へ行(い)きました。**

我兩個月前去了日本。

② **1か月(いっげつ)に1回(いっかい)映画(えいが)を見(み)ます。**

一個月看一次電影。

20. ～週間（しゅうかん）【～個星期】

1	**1週間**（いっしゅうかん）	6	6週間（ろくしゅうかん）
2	2週間（にしゅうかん）	7	7週間（ななしゅうかん）
3	3週間（さんしゅうかん）	8	**8週間**（はっしゅうかん）
4	4週間（よんしゅうかん）	9	9週間（きゅうしゅうかん）
5	5週間（ごしゅうかん）	10	**10週間**（じゅっしゅうかん）
		?	何週間（なんしゅうかん）

表示時間的「～個星期」、「～個禮拜」的意思。

① **1週間旅行に行きます。**（いっしゅうかんりょこう／い）

我要去旅行一個星期。

② **2週間前に田中先生に会いました。**（にしゅうかんまえ／たなかせんせい／あ）

我兩個禮拜前和田中老師見面。

21. ～時（じ）【～點】

1	1時（いちじ）	7	**7時**（しちじ）
2	2時（にじ）	8	8時（はちじ）
3	3時（さんじ）	9	**9時**（くじ）
4	**4時**（よじ）	10	10時（じゅうじ）
5	5時（ごじ）	11	11時（じゅういちじ）
6	6時（ろくじ）	12	12時（じゅうにじ）
		?	何時（なんじ）

表示時間「～點」時使用。

① **6時に晩ごはんを食べます。**（ろくじ／ばん／た）

6點要吃晚餐。

② **4時まで勉強します。**（よじ／べんきょう）

我要讀書讀到4點。

22. ～時間（じかん）【～個小時】

1	1時間（いちじかん）	7	**7時間**（しちじかん）
2	2時間（にじかん）	8	8時間（はちじかん）
3	3時間（さんじかん）	9	**9時間**（くじかん）
4	**4時間**（よじかん）	10	10時間（じゅうじかん）
5	5時間（ごじかん）	11	11時間（じゅういちじかん）
6	6時間（ろくじかん）	12	12時間（じゅうにじかん）
		?	何時間（なんじかん）

若是名詞「時間」，則表示「時間」的意思。但如果當量詞前面加數字時，則表示「～個小時」的意思。

① **1日8時間働きます。**（いちにちはちじかんはたら）

一天工作8個小時。

② **昼休みは1時間休みます。**（ひるやす／いちじかんやす）

午休會休息1個小時。

23. ～分（ふん）【～分】

1	**1分**（いっぷん）	6	**6分**（ろっぷん）
2	2分（にふん）	7	7分（ななふん）
3	**3分**（さんぷん）	8	**8分**（はっぷん）
4	**4分**（よんぷん）	9	9分（きゅうふん）
5	5分（ごふん）	10	**10分**（じゅっぷん）
		?	**何分**（なんぷん）

表示時間的「～分」的意思。

① **今7時25分です。**（いましちじ／にじゅうごふん）

現在是7點25分。

② **すみません。1分待ってください。**（いっぷんま）

不好意思。請等我1分鐘。

24. ～秒（びょう）【～秒】

1	1秒（いちびょう）	6	6秒（ろくびょう）
2	2秒（にびょう）	7	7秒（ななびょう）
3	3秒（さんびょう）	8	8秒（はちびょう）
4	4秒（よんびょう）	9	9秒（きゅうびょう）
5	5秒（ごびょう）	１０	１０秒（じゅうびょう）
		?	何秒（なんびょう）

表示時間的「～秒」的意思。

① **電子（でんし）レンジで1分（いっぷん）20（にじゅう）秒（びょう）温（あたた）めてください。**

請用微波爐加熱 1 分 20 秒。

② **彼（かれ）は50（ごじゅう）メートルを8秒（はちびょう）で走（はし）ります。**

他用 8 秒跑 50 公尺。

25. ～月（がつ）【～月】

表示月份的「～月」的意思。

1	1月（いちがつ）	7	**7月**（しちがつ）
2	2月（にがつ）	8	8月（はちがつ）
3	3月（さんがつ）	9	**9月**（くがつ）
4	**4月**（しがつ）	１０	１０月（じゅうがつ）
5	5月（ごがつ）	１１	１１月（じゅういちがつ）
6	6月（ろくがつ）	１２	１２月（じゅうにがつ）
		?	何月（なんがつ）

表示月份的「～月」的意思。

① **誕生日（たんじょうび）は12月（じゅうにがつ）です。**

生日是 12 月。

② **8月（はちがつ）に出張（しゅっちょう）します。**

我 8 月會出差。

26. ～日（にち）【～號／～天】

１	**1日（ついたち）／1日（いちにち）**	１７	**１７日（じゅうしちにち）**
２	**2日（ふつか）**	１８	１８日（じゅうはちにち）
３	**3日（みっか）**	１９	**１９日（じゅうくにち）**
４	**4日（よっか）**	２０	２０日（はつか）
５	**5日（いつか）**	２１	２１日（にじゅういちにち）
６	**6日（むいか）**	２２	２２日（にじゅうににち）
７	**7日（なのか）**	２３	２３日（にじゅうさんにち）
８	**8日（ようか）**	２４	**２４日（にじゅうよっか）**
９	**9日（ここのか）**	２５	２５日（にじゅうごにち）
１０	**10日（とおか）**	２６	２６日（にじゅうろくにち）
１１	１１日（じゅういちにち）	２７	**２７日（にじゅうしちにち）**
１２	１２日（じゅうににち）	２８	２８日（にじゅうはちにち）
１３	１３日（じゅうさんにち）	２９	**２９日（にじゅうくにち）**
１４	**１４日（じゅうよっか）**	３０	３０日（さんじゅうにち）
１５	１５日（じゅうごにち）	３１	３１日（さんじゅういちにち）
１６	１６日（じゅうろくにち）	？	何日（なんにち）

表示月份的「～號」的意思，也可以數天數「～天」。但要注意「1號」的日文是「1日（ついたち）」，「一天」的日文是「1日（いちにち）」，其他都一樣唸法。

① **今日（きょう）は8月（はちがつ）10日（とおか）です。**

今天是8月10號。

② **では、来月（らいげつ）の6日（むいか）に会（あ）いましょう。**

那麼，下個月的6號見面吧！

練習問題

① いちねんに ＿＿＿ りょこうを します。
1. ふたつ 2. にまい 3. いっかい 4. はちだい

② もう ＿＿＿ですよ。はやく かえりましょう。
1. ろくじ 2. ろくばん 3. ろっぴき 4. ろっぽん

③ ビールを ＿＿＿ のみました。
1. さんさい 2. さんばい 3. さんはい 4. さんばん

④ アイスクリームを ＿＿＿ください。
1. ふたり 2. にえん 3. にがつ 4. ふたつ

⑤ コーヒー、もう＿＿＿ いかがですか。
1. いちはい 2. いっぱい 3. いちまい 4. いっさつ

⑥ へやに ねこが ＿＿＿ います。
1. にだん 2. ふたり 3. にひき 4. にふん

⑦ たんじょうびは にがつ ＿＿＿です。
1. じゅうにち 2. とお 3. とおか 4. じゅうびょう

⑧ にほんごを ＿＿＿ ならったことが あります。
1. はちがつ 2. はっかげつ 3. はちだい 4. はちてん

解答與題目中譯

①	②	③	④	⑤	⑥	⑦	⑧
3	1	2	4	2	3	3	2

【題目中譯】

① **一年に 1 回旅行をします。**
我一年會旅行 1 次。

② **もう 6 時ですよ。早く帰りましょう。**
已經 6 點了喔。早點回家吧！

③ **ビールを 3 杯飲みました。**
我喝了 3 杯啤酒。

④ **アイスクリームを 2 つください。**
請給我兩支冰淇淋。

⑤ **コーヒー、もう 1 杯いかがですか。**
要不要再來一杯咖啡呢？

⑥ **部屋に猫が 2 匹います。**
房間裡有兩隻貓。

⑦ **誕生日は 2 月 10 日です。**
生日是 2 月 10 號。

⑧ **日本語を 8 か月習ったことがあります。**
我有學過 8 個月的日文。

第一回總複習練習

① わたしは　＿＿＿人と　けっこんしたいです。
　1.　やさし　　2.　やさしい　　3.　やさしく　　4.　やさしくて

② かれは　きょう　あまり　＿＿＿。
　1.　げんきです　　2.　げんきじゃありません
　3.　げんきでした　　4.　げんきじゃありませんでした

③ 田中さんは　イタリア語を　＿＿＿ことが　できます。
　1.　はなして　　2.　はなす　　3.　はなした　　4.　はなし

④ ひるごはんを　＿＿＿から、友達と　えいがを　みに　いきます。
　1.　たべて　　2.　たべる　　3.　のんで　　4.　のむ

⑤ ＿＿＿　ところに　住みたいです。
　1.　しずか　　2.　しずかで　　3.　しずかな　　4.　しずかじゃ

⑥ 5年前に　ふじさんに　＿＿＿ことが　あります。
　1.　のぼる　　2.　のぼって　　3.　のぼった　　4.　のぼり

⑦ ほんを　＿＿＿とき、めがねを　かけます。
　1.　する　　2.　よむ　　3.　して　　4.　よんで

⑧ ここを　＿＿＿と、みずが　でません。
　1.　おし　　2.　おして　　3.　おさない　　4.　おした

⑨ フランスへ　フランス語を　ならい＿＿＿　きました
　1.　を　　2.　が　　3.　へ　　4.　に

⑩ テスト中に　＿＿＿は　いけません。
　1.　はらって　　2.　はなして　　3.　とって　　4.　すてて

⑪ がっこうへ　行く______、あさごはんを　たべます。
1. と　2. まえに　3. ないと　4. から

⑫ このレストランは　______、サービスが　いいです。
1. おいしい　2. おいしくて　3. おいしくない　4. おいし

⑬ ははの　たんじょうび______　花を　あげました。
1. へ　2. で　3. を　4. に

⑭ あめが　ふって　いますね。タクシーを　______ましょうか。
1. のみ　2. よび　3. かい　4. かき

⑮ 単語を　いくら______も、すぐ　わすれます。
1. おぼえて　2. わすれて　3. のぼって　4. はしって

⑯ いま　かぞくに　______たいです。
1. あう　2. あって　3. あい　4. あった

⑰ ぶちょうは　いま　かいぎを　______います
1. する　2. した　3. して　4. しない

⑱ このかばんは　______、やすいです。
1. きれい　2. きれいな　3. きれくて　4. きれいで

⑲ らいしゅうまでに　レポートを　______なければなりません。
1. かき　2. かく　3. かか　4. かいた

⑳ じかんが　______ら、きょうは　こなくても　いいです。
1. あって　2. なくて　3. なかった　4. あった

㉑ らいねんは ＿＿＿ いっしょに スキーに いきたいですね。
1. なかなか 2. ぜひ 3. じつは 4. ほかに

㉒ ケーキは まだ れいぞうこから ＿＿＿で ください。
1. だし 2. ださない 3. たべない 4. たべ

㉓ あのかど＿＿＿ ひだりへ まがってください。
1. で 2. に 3. を 4. へ

解答與題目中譯

①	②	③	④	⑤	⑥	⑦	⑧
2	2	2	1	3	3	2	3
⑨	⑩	⑪	⑫	⑬	⑭	⑮	⑯
4	2	2	2	4	2	1	3
⑰	⑱	⑲	⑳	㉑	㉒	㉓	
3	4	3	3	2	2	3	

【題目中譯】

① **私は優しい人と結婚したいです。**
我想和溫柔的人結婚。

② **彼は今日あまり元気じゃありません。**
他今天不太有活力。

③ **田中さんはイタリア語を話すことができます。**
田中先生會說義大利文。

④ **昼ご飯を食べてから、友達と映画を見に行きます。**
吃午餐之後會和朋友去看電影。

⑤ **静かな所に住みたいです。**
我想要住在安靜的地方。

⑥ **5年前に富士山に登ったことがあります。**
我在 5 年前有爬過富士山。

⑦ **本を読むとき、眼鏡をかけます。**
要看書的時候會戴眼鏡。

⑧ **ここを押さないと、水が出ません。**
如果不按這裡的話，水就不會出來。

⑨ **フランスへフランス語を習いに来ました。**
我來法國學法文。

⑩ **テスト中に話してはいけません。**
考試的時候不可以說話。

⑪ **学校へ行くまえに、朝ご飯を食べます。**
去學校之前會吃早餐。

⑫ **このレストランはおいしくて、サービスがいいです。**
這間餐廳既好吃服務又好。

⑬ **母の誕生日に花をあげました。**
在母親生日那天送花給媽媽。

⑭ **雨が降っていますね。タクシーを呼びましょうか。**
在下雨呢！要不要幫你叫計程車呢？

⑮ **単語をいくら覚えても、すぐ忘れます。**
無論怎麼背單字都會馬上忘記。

⑯ **今家族に会いたいです。**
現在想要跟家人見面。

⑰ **部長は今会議をしています。**
部長現在正在開會。

⑱ **このかばんはきれいで、安（やす）いです。**
這個包包很漂亮又很便宜。

⑲ **来週（らいしゅう）までにレポートを書（か）かなければなりません。**
我必須要在下週之前寫報告。

⑳ **時間（じかん）がなかったら、今日（きょう）は来（こ）なくてもいいです。**
沒有時間的話，今天可以不用來。

㉑ **来年（らいねん）はぜひ一緒（いっしょ）にスキーに行（い）きたいですね。**
明年非常想要一起去滑雪呢！

㉒ **ケーキはまだ冷蔵庫（れいぞうこ）から出（だ）さないでください。**
蛋糕請還不要從冰箱裡拿出來。

㉓ **あの角（かど）を左（ひだり）へ曲（ま）がってください。**
請在那個轉角往左轉。

第二回總複習練習

① 田中さんは　どくしんじゃ　ありません。　______　います。
1. けっこんして 2. すんで 3. しって 4. おしえて

② きのうは　にほんごを　べんきょうしました。　______、おふろに　はいりました。
1. でも 2. それから 3. ですから 4. では

③ あしたは　ともだちと　えいがを　見た______、　しょくじした______します。
1. り／り 2. ら／ら 3. と／と 4. て／て

④ へや______　たばこを　吸わないでください。
1. に 2. へ 3. を 4. で

⑤ だれ______　にほんごを　おしえて　くれましたか。
1. は 2. が 3. も 4. に

⑥ すみません。ここに　______も　いいですか。
1. のぼって 2. すわって 3. はなして 4. かえって

⑦ 佳奈ちゃんは　おおきくなって、　______なりましたね。
1. きれい 2. きれくて 3. きれいで 4. きれいに

⑧ ここを　押す__、　きっぷが　でます。
1. とき 2. たら 3. と 4. ても

⑨ このおべんとうは　______が、　とても　やすいです。
1. おいしいです 2. おいしくありません
3. おいしかったです 4. おいしくなかったです

⑩ このレポートは　まだ　＿＿＿なくても　いいです。

1. よみ　　2. よんで　　3. よま　　4. よむ

⑪ 山下さんの　しゅみは　ほんを　よむ＿＿＿です。

1. もの　　2. ところ　　3. から　　4. こと

⑫ らいしゅうの　にちようび、いっしょに　やきゅうの　試合を　みに＿＿＿ませんか。

1. いき　　2. いか　　3. いく　　4. いって

⑬ 木村さんは　きのう　せんせいに　＿＿＿と　いいました。

1. あう　　2. あって　　3. あった　　4. あい

⑭ 高橋さんは　29歳＿＿＿、えいごの　せんせいです。

1. が　　2. で　　3. も　　4. は

⑮ 百合ちゃんは　まだ　＿＿＿でしょう？

1. がくせい　　2. がくせいだ　　3. がくせいで　　4. がくせいの

⑯ がくせいの　とき、よく　ともだちと　としょかんで　＿＿＿いました。

1. のんで　　2. べんしょうして

3. さがして　　4. はらって

⑰ かれは＿＿＿いしゃです。

1. ゆうめいな　　2. ゆうめいで　　3. ゆうめいに　　4. ゆうめい

⑱ へやの　なかが　くらいですね。だれも　＿＿＿と　おもいます。

1. いない　　2. いる　　3. いた　　4. いて

⑲ えいごは　かんたん______。そして、おもしろいです。

1. です　　2. じゃありません

3. でした　　4. じゃありませんでした

⑳ もう　11時ですね。そろそろ　______ましょう。

1. でて　　2. でない　　3. でかけて　　4. でかけ

㉑ わたしは　ドイツ語が　______わかりません。

1. すこし　　2. だいたい　　3. ぜんぜん　　4. よく

㉒ ここを　______と、おとが　おおきく　なりますよ。

1. まがる　　2. まがり　　3. まわす　　4. まわり

㉓ おとなに　______ら、すきな　しごとを　したいです。

1. かった　　2. なった　　3. はった　　4. まった

解答與題目中譯

①	②	③	④	⑤	⑥	⑦	⑧
1	2	1	4	2	2	4	3
⑨	⑩	⑪	⑫	⑬	⑭	⑮	⑯
2	3	4	1	3	2	1	2
⑰	⑱	⑲	⑳	㉑	㉒	㉓	
1	1	1	4	3	3	2	

【題目中譯】

① **田中(たなか)さんは独身(どくしん)じゃありません。結婚(けっこん)しています。**
田中先生不是單身。結婚了。（有婚姻的狀態）

② **昨日(きのう)は日本語(にほんご)を勉強(べんきょう)しました。それからお風呂(ふろ)に入(はい)りました。**
我昨天讀了日文。然後再去洗澡。

③ **明日(あした)は友達(ともだち)と映画(えいが)を見(み)たり、食事(しょくじ)したりします。**
我明天會和朋友看電影、吃飯等等的。

④ **部屋(へや)でたばこを吸(す)わないでください。**
請不要在房間裡面抽菸。

⑤ **だれが日本語(にほんご)を教(おし)えてくれましたか。**
是誰教你日文的呢？

⑥ **すみません。ここに座(すわ)ってもいいですか。**
不好意思。我可以坐這裡嗎？

⑦ **佳奈(かな)ちゃんは大(おお)きくなって、きれいになりましたね。**
佳奈長大變漂亮了呢！

⑧ **ここを押(お)すと、切符(きっぷ)がでます。**
按這裡的話，車票就會出來

⑨ **このお弁当(べんとう)はおいしくありませんが、安(やす)いです。**
雖然這個便當不好吃，但很便宜。

⑩ **このレポートはまだ読(よ)まなくてもいいです。**
這份報告還不用讀沒關係。

⑪ **山下(やました)さんの趣味(しゅみ)は本(ほん)を読(よ)むことです。**
山下先生的興趣是看書。

⑫ **来週(らいしゅう)の日曜日(にちようび)、一緒(いっしょ)に野球(やきゅう)の試合(しあい)を見(み)に行(い)きませんか。**
下週日要不要一起去看棒球比賽呢？

⑬ **木村(きむら)さんは昨日(きのう)先生(せんせい)に会(あ)ったと言(い)いました。**
木村先生說昨天有和老師見面。

⑭ **高橋(たかはし)さんは２９歳(にじゅうきゅうさい)で、英語(えいご)の先生(せんせい)です。**
高橋先生 29 歲，是英文老師。

⑮ **百合(ゆり)ちゃんはまだ学生(がくせい)でしょう？**
百合還是學生對不對？

⑯ **学生(がくせい)の時(とき)、よく友達(ともだち)と図書館(としょかん)で勉強(べんきょう)していました。**
學生時期經常和朋友在圖書館讀書。

⑰ **彼(かれ)は有名(ゆうめい)な医者(いしゃ)です。**
他是有名的醫生。

⑱ **部屋の中が暗いですね。だれもいないと思います。**
房間裡面很暗呢！我認為沒有任何人。

⑲ **英語は簡単です。そして、おもしろいです。**
英文很簡單。而且很有趣。

⑳ **もう 11 時ですね。そろそろ出かけましょう。**
已經 11 點了呢！我們差不多要出門囉！

㉑ **わたしはドイツ語が全然わかりません。**
我完全不懂德文。

㉒ **ここを回すと、音が大きくなりますよ。**
轉這裡的話，聲音就會變大聲喔！

㉓ **大人になったら、好きな仕事をしたいです。**
長大後想要做喜歡的工作。

N5 文法 14 天必考攻略 / 金子祐己 Yumi 著 . -- 初版 .
-- 臺北市 : 日月文化出版股份有限公司 , 2024.09
128 面 ; 19×25.7 公分 . -- (EZ Japan 檢定 ; 45)
ISBN 978-626-7516-29-4 (平裝)
1.CST: 日語 2.CST: 語法 3.CST: 能力測驗
803.189 113011757

EZ Japan檢定／45

N5文法14天必考攻略（附考前衝刺規劃手帳）

作　　者：金子祐己 Yumi
編　　輯：邱以瑞
校　　對：金子祐己 Yumi、邱以瑞
封面設計：李盈儒
內頁排版：李盈儒、簡單瑛設
行銷企劃：張爾芸

發 行 人：洪祺祥
副總經理：洪偉傑
副總編輯：曹仲堯
法律顧問：建大法律事務所
財務顧問：高威會計師事務所

出　　版：日月文化出版股份有限公司
製　　作：EZ 叢書館
地　　址：臺北市信義路三段 151 號 8 樓
電　　話：(02) 2708-5509
傳　　真：(02) 2708-6157
客服信箱：service@heliopolis.com.tw
網　　址：www.heliopolis.com.tw
郵撥帳號：19716071 日月文化出版股份有限公司

總 經 銷：聯合發行股份有限公司
電　　話：(02) 2917-8022
傳　　真：(02) 2915-7212

印　　刷：中原造像股份有限公司
初　　版：2024 年 09 月
定　　價：300 元
I S B N：978-626-751-629-4

規劃表總覽

學習日期	學習章節	學習完畢	備註
/	Day1｜動詞ます	□	
/	Day2｜動詞て形	□	
/	Day3｜動詞字典形（原形）、動詞ない形	□	
/	Day4｜動詞た形、動詞なかった形	□	
/	Day5｜比較、程度、接普通形的句型	□	
/	Day6｜形容詞、修飾名詞、とき	□	
/	Day7｜N5 必懂「代名詞」及「連接詞」用法	□	
/	Day8｜N5 必懂「副詞」用法（一）	□	
/	Day9｜N5 必懂「副詞」用法（二）	□	
/	Day10｜N5 必懂「助詞」用法（一）	□	
/	Day11｜N5 必懂「助詞」用法（二）	□	
/	Day12｜N5 必懂「數量詞」	□	
/	Day13｜第一回總複習練習	□	
/	Day14｜第二回總複習練習	□	

Day1 動詞ます

學習日期：　/	目標結束日：　/	□ □

今日から一緒に頑張ろうね！ポジティブな気持ちで、自信を持って挑戦しよう！

從今天開始一起努力！懷著積極的心情，帶著自信地去挑戰吧！

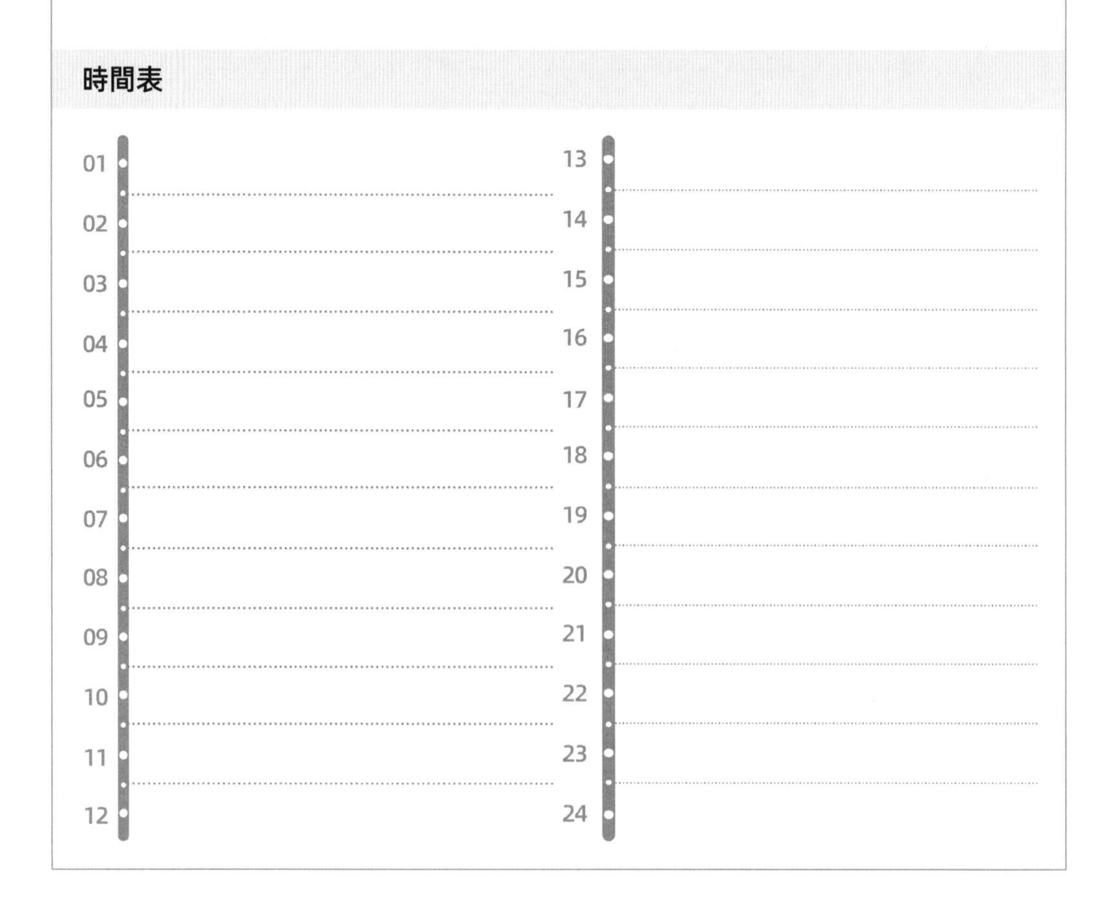

Day2 動詞て形

學習日期：　/　　目標結束日：　/

<ruby>諦<rt>あきら</rt></ruby>めない<ruby>心<rt>こころ</rt></ruby>が<ruby>成功<rt>せいこう</rt></ruby>を<ruby>呼<rt>よ</rt></ruby>ぶ。

不放棄的心將會帶來成功。

時間表

Day3 動詞字典形（原形）、動詞ない形

學習日期：　/	目標結束日：　/	□ □

続(つづ)けることが力(ちから)になる。

持續下去將會變成你的力量。

時間表

01
02
03
04
05
06
07
08
09
10
11
12
13
14
15
16
17
18
19
20
21
22
23
24

Day4 動詞た形、動詞なかった形

學習日期：　/　　目標結束日：　/

自分を信じて前に進もう。

相信自己，向前邁進吧！

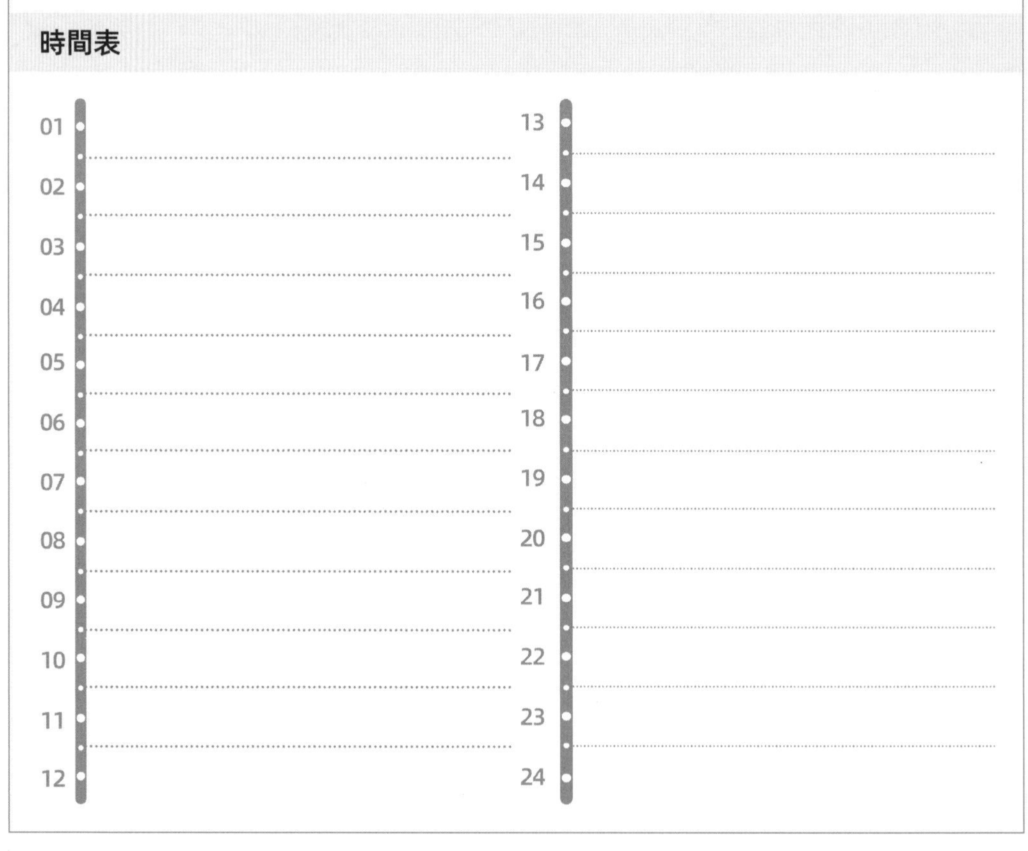

Day5 比較、程度、接普通形的句型

學習日期：　/　　目標結束日：　/

☐
☐

努力(どりょく)は必(かなら)ず報(むく)われる。

努力一定會有回報。

時間表

01
02
03
04
05
06
07
08
09
10
11
12

13
14
15
16
17
18
19
20
21
22
23
24

Day6 形容詞、修飾名詞、とき

學習日期：　/　　目標結束日：　/　☐ ☐

今日（きょう）の努力（どりょく）が未来（みらい）を作（つく）る。

今天的努力將會創造未來。

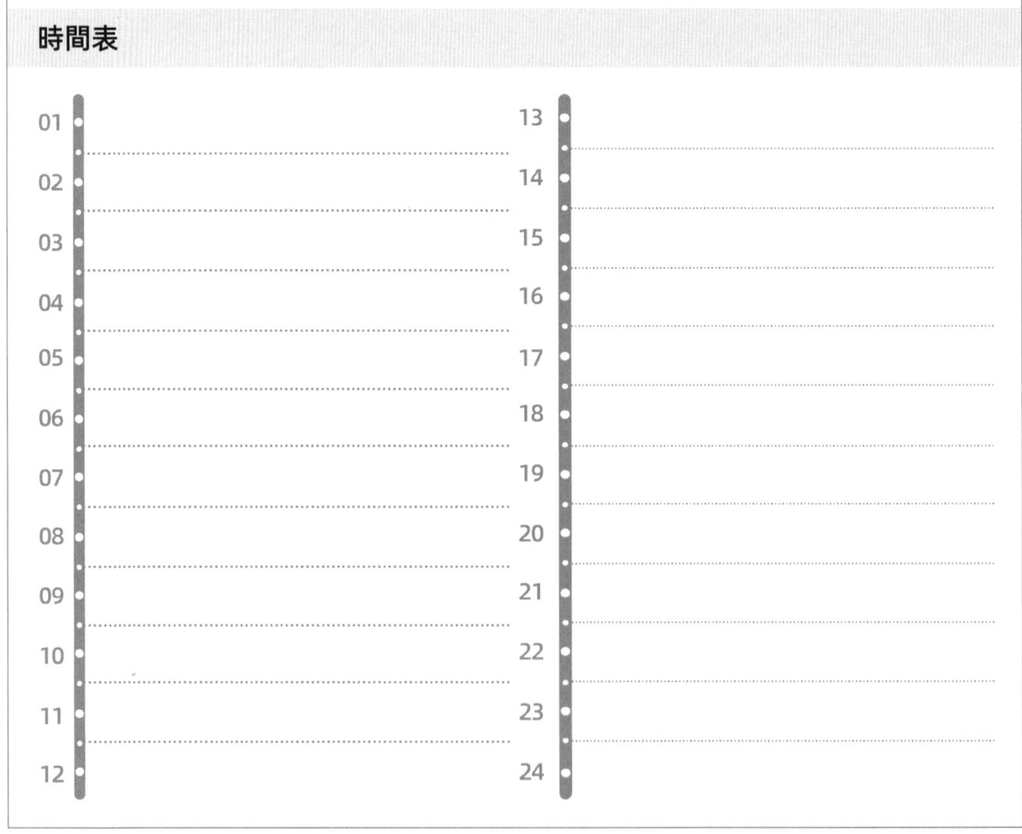

Day7 N5 必懂「代名詞」及「連接詞」用法

學習日期：　/　　目標結束日：　/

焦(あせ)らず、自分(じぶん)のペースで前(まえ)に進(すす)もう。

不要著急，按照自己的步調前進。

時間表

01
02
03
04
05
06
07
08
09
10
11
12
13
14
15
16
17
18
19
20
21
22
23
24

Day8 N5 必懂「副詞」用法（一）

學習日期：　/　　目標結束日：　/　☐ ☐

頑張(がんば)るあなたは輝(かがや)いています。

努力的你很閃耀。

時間表

01
02
03
04
05
06
07
08
09
10
11
12
13
14
15
16
17
18
19
20
21
22
23
24

Day9 N5必懂「副詞」用法（二）

學習日期：　/	目標結束日：　/	□ □

がんば　すがた　うつく
頑張る姿は美しい。

努力的樣子很美麗。

時間表

Day10 N5 必懂「助詞」用法（一）

學習日期：　/　　目標結束日：　/　□ □

あなたならできる！応援（おうえん）しているよ！

你一定做得到！我為你加油！

時間表

01
02
03
04
05
06
07
08
09
10
11
12

13
14
15
16
17
18
19
20
21
22
23
24

Day11 N5 必懂「助詞」用法（二）

學習日期：　/　　目標結束日：　/

今日は昨日より成長しよう！

今天要比昨天更進步！

時間表

01	13
02	14
03	15
04	16
05	17
06	18
07	19
08	20
09	21
10	22
11	23
12	24

Day12 N5 必懂「數量詞」

學習日期：　/　　目標結束日：　/

□
□

あなたの努力(どりょく)は無駄(むだ)にならない。

你的努力不會白費。

時間表

01
02
03
04
05
06
07
08
09
10
11
12
13
14
15
16
17
18
19
20
21
22
23
24

Day13 第一回總複習練習

學習日期：　/　　目標結束日：　/　□ □

一緒(いっしょ)に目標(もくひょう)を達成(たっせい)しよう！

一起達成目標吧！

時間表

01
02
03
04
05
06
07
08
09
10
11
12
13
14
15
16
17
18
19
20
21
22
23
24

Day14 第二回總複習練習

學習日期：　/　　目標結束日：　/　□ □

お疲れ様でした。あなたの努力を誇りに思っています。自分を褒めてあげてね。更なる成長を楽しみにしています。

辛苦你了！我為你的努力感到自豪。好好表揚自己喔！期待你更近一步的成長。

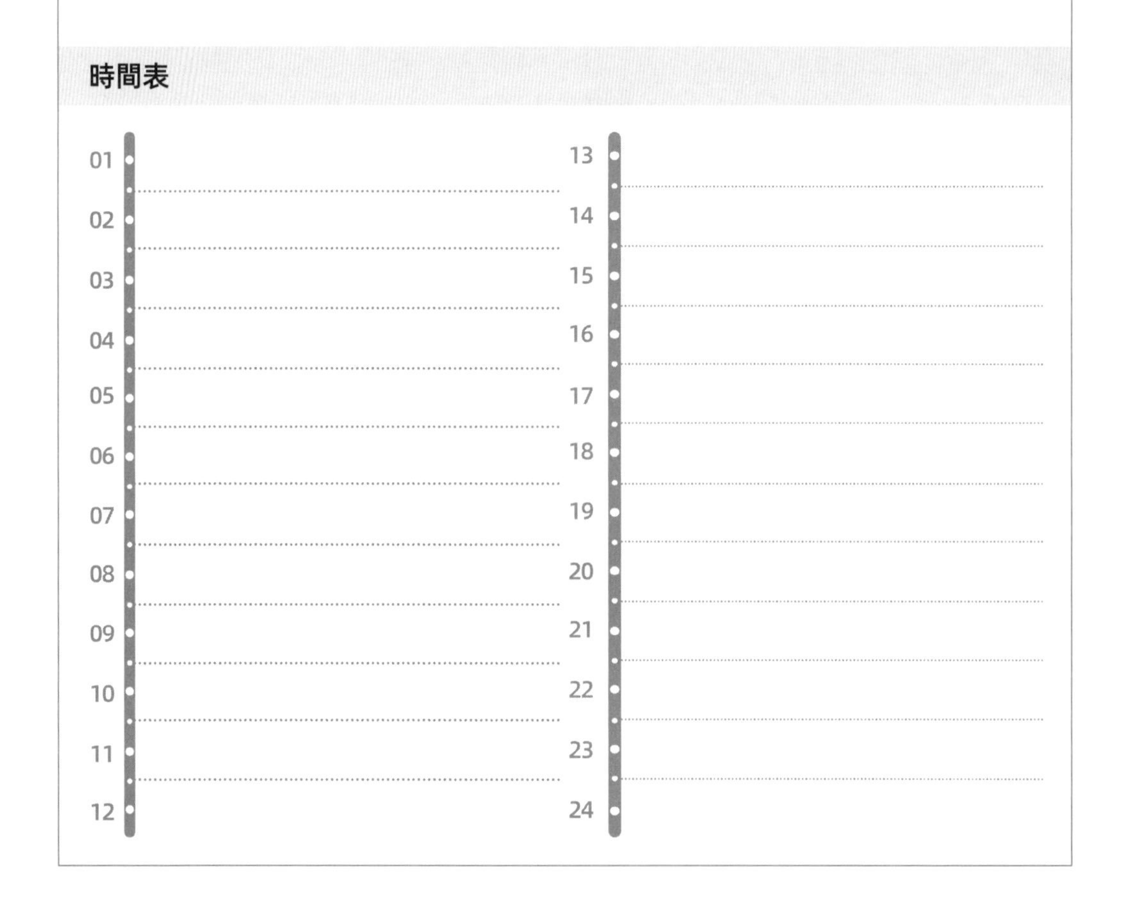